グリム兄弟とアンデルセン

高橋健二

講談社学術文庫

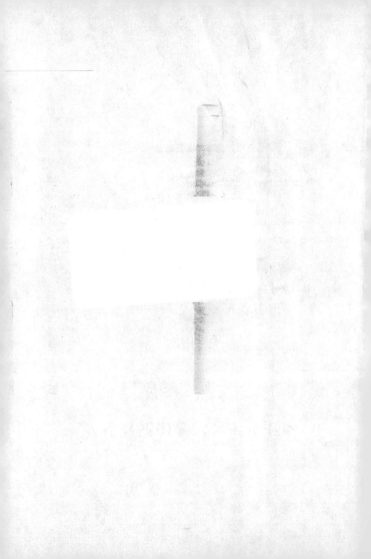

まえがき

グリム兄弟とアンデルセンは童話の世界の最高峰である点で並び称せられるが、グリム兄弟はメルヒェンの学問的な収集、編集者であり、アンデルセンは童話の創作者である点で大きく異なっている。等しく童話と邦訳されているが、前者は民族童話であり、後者は創作童話であり、同一視できない。

その他の点でも、むしろ対照的に相違している。グリム兄弟は静かな研究に専心した学者であり、アンデルセンは旅に明け暮れた作家である。持続的勤勉と感傷的躁鬱、重厚と奔放の差がある。だが、アンデルセンはグリム兄弟に会っており、童話のうえでも接触点があった。この両者の少ない共通点と大きな相違点と接触とを明らかにしてみるのは、人間的に興味深いことであり、童話の理解を深めることにもなる。

私自身も幼少のころグリムの「星の銀貨」を聞いて、少女のやさしさに心を打たれ、大学時代にアンデルセンの『即興詩人』を読んで、青春の哀歓に感動したというふうで、断続的に両者を読み、ヨーロッパでは両者の足跡をたどるのを喜びとした。

こうして長い生涯を通じ両者を心の友としてきた。後半生にはとくにこの両者の生涯と童話とに深いかかわりをもった。

そういう経緯で、両者に対する深い愛着から両者を並べて考えてみたのである。

目次

グリム兄弟とアンデルセン

1　アンデルセンとグリム兄弟との出会い

ヤーコプ・グリムはアンデルセンより二十歳年上で、ヴィルヘルム・グリムは十九歳年上であったから、同時代人であり、接触する機会は十分ありえた。それにドイツとデンマークは陸続きの部分もあり、海で隔てられている部分も海路で近い。地理的にも十九世紀半ばともなれば遠いとはいえなかった。グリム兄弟のいたベルリンを、アンデルセンがコペンハーゲンから訪れるのは、そんなに困難ではなかった。しかし、彼が初めてドイツに旅したときは、鉄道はまだ開通していなかった。彼が初めて汽車に乗ったのは、一八四〇年で、マグデブルク―ライプチヒ間であった。その前後は馬車と船による旅で、楽ではなかった。

アンデルセンの生地オーデンセから、グリム兄弟が大学教授として七年間暮らしたゲッティンゲンへ、私は列車で直行したことがある。途中で二度乗り換えたが、八時間ほどしかかからなかった。グリム兄弟が学士院会員兼大学教授として晩年を送ったベルリンから、アンデルセンが名を成したコペンハーゲンへ列車とフェリーで直行したことがある。十時間ほどで着いた。

アンデルセンはたびたびドイツに旅行したし、好んで知名の文人を訪問したので、当然グリム兄弟を訪ねた。ところが、通知もせずに気軽に出かけたので、最初の出会いはとんちんかんな逸話になってしまった。彼はグリム兄弟とその周辺のロマン派の作家に親しんでいたので、グリムも自分を知っているものと思いこんでいた。そう思っていたのに不思議はない。

アンデルセンはドイツ・ロマン派の影響を強く受けていた。グリム兄弟もロマン派のアルニムやブレンターノと親しく、彼らの編集した民謡集『少年の魔法の角笛』に、自分たちの集めた歌を提供していた。グリム兄弟は一八一二年と一五年に『子どもと家庭のメルヒェン(童話)』初版一、二巻を、一九年にはその再版二巻を出していたから、アンデルセンは、一八三五年に最初の童話集を出したとき、グリムのメルヒェンを知っていたにちがいない。ドイツの文学書はすぐデンマークに伝わったようである。

アンデルセンの「火打ちばこ」(アンデルセンの童話集一番)はグリムの「青いあかり」(グリムの童話集一一六番)に共通するところがある。「小クラウスと大クラウス」(二一番)はグリムの「ヒルデブラントじいさん」(九五番)に酷似している場面がある。アンデルセンの「親指ひめ」（五番）はグリムの「親指小僧」（三七番）と「かえるの王さま」（一番）とに通じるところがある。

一八四四年にアンデルセンがグリム邸に出かけたときは、グリムのメルヒェンをよく知っており、同じ分野の仕事をしている親近感から、自分の童話の載っている本を送っておいた。その訪問の場面がアンデルセンの自伝に、いかにも彼らしくユーモラスに記されている。

グリム兄弟と会ったころのアンデルセン
(1845年)

ひょうひょうとした三十九歳の童話作家と、その二年前にドイツの第一回の文化勲章（プール・ル・メリト）を受けた五十九歳の生粋の学者ヤーコプ・グリムとの出会いは、たぐいまれな逸話といえよう。

アンデルセンは、だれかベルリンで自分を知っている人

ヤーコプ・グリム（兄）

があるとすれば、それはグリム兄弟だと、ひとから言われ、自分でもそう思いこんでいた。同じくメルヒェンにたずさわっているのだから、博識なグリム兄弟が自分を知らないはずはない、という自負があったにちがいない。それで紹介状もなしにグリム兄弟の家を訪れた。あらかじめ通知しておけばよかったのに、楽天的なアンデルセンはのんきすぎて、間がわるかった。

アンデルセンの自伝から引用すると——

女中さんが、おふたりのどちらに面会なさりたいのですか、とたずねた。「たくさんお書きになった方に」と私は言った。どちらがメルヒェンによけい携わっていたか、私はその時知らなかったのだ。「ヤーコプさまの方が学者でいらっしゃいます！」と女中さんは言った。「それでは、その方にご案内ください！」

——私はへやに通った。聡明な特徴のある顔のヤーコプ・グリムが私の前に立った。

「紹介状なしに参りました。私の名まえをご存じないはずはないと思いまして！」

「どなたでしょうか」と彼はきいた。私は名を言った。ヤーコプ・グリムは半ば当惑したように「お名まえを聞いた覚えがありませんね。何をお書きになりましたか」

今度は私が当惑して、私の童話をあげた。

「存じませんね！」と彼は言った。「あなたの他の著作をあげて下さい。きっと聞いた覚えがあるでしょうから！」

私は『即興詩人』と、私の二、三の本の名をあげた。彼は頭を振った。私はひどくみじめな気持ちになった。「私のことをなんとお考えになるでしょうか」と私は言った。「赤の他人があなたのところにやって来て、自分の書いたものを数えたてるなんて！　……でも、あなたは私をご存じのはずですが！　すべての国のメルヒェンを含んでいるデンマークのメルヒェンの本があります。モルベクの編集したもので、あなたにささげられています。その中には、私のメルヒェンが少なくとも一つは入っています！」

彼は思いやりをもって、しかし私自身と同様に当惑して言った。「そう、その本は読んでいません！　しかしあなたとお知合いになれてうれしく思います。弟のヴィルヘルムのところにお連れしましょうか」

「いや、結構です！」と私は言い、ひたすら立ち去りたいと願った。にがい思いをするのは、兄の方だけでたくさんだった。弟のところで同じ目に合う気はさらさらなかった。私は握手して急いで立ち去った。

彼がヴィルヘルムに会ったら、よかったであろうに！　早くあきらめすぎた。その前年（一八四三年）に出たグリム童話集の第五版には、本書第5章の最後の箇所に記してあるように、アンデルセンの「えんどう豆の上に寝たおひめさま」が入っていたのである。アンデルセンがその版を見なかったのは、しかたのないことであるが、もしそのことを知っていて、グリムに知らせていたら、好ましい出会いになったであろうに！　このときばかりは、神さまが何ごともよいように導いてくださる、というわけにはいかなかった。

しかしアンデルセンの自伝にはグリム兄弟とのことが続いて記されている。

数週間後、コペンハーゲンで私がちょうど、いなかへ行くためトランクに荷物を詰めていた時、ヤーコプ・グリムが旅行服姿で私のところにやって来た。彼はコペンハーゲンに来て、上陸したところで、ホテルに行く途中だった。私の居所のそばを通ったので、彼はすぐ私のところに上って来た。「こんどはあなたを知ってますよ」と彼は言った。心から私と握手し、聡明な目でやさしく私を見つめた。その時、郵便馬車の御者が私の荷物を取りに入って来た。私には数分間しか時間がなかった。コペンハーゲンでの出会いはベルリンでの出会いと同様に短かった。でも、私たちは知合いになった。そして旧

ヴィルヘルム・グリム（弟）

知として再会することになった。

ヤーコプ・グリムは、好きにならずにはいられないような、仲間にならずにはいられないような人である。今度は彼の弟とも知合いになり、尊敬するようになった。ある晩、私はビスマルク・ボーレン伯夫人のところで自分の童話の一つを朗読した。その席で特に一人の人が、見るからに熱心に耳を傾けていて、理解のある独特の意見を述べた。それがヴィルヘルム・グリムであった。

「この前ベルリンにいらっしゃった時、私のところに来られたら、私はあなたを知っていたでしょうに!」と彼は言った。

その後、この二人の天分のある愛すべき兄弟とほとんど毎日のように一しょになった。私の出入したサークルは彼らのサークルでもあったようだ。二人が私の童話を熱心に聞いてくれたのは、私にとって楽しくうれしいことだった。ドイツの民族童話が読まれるかぎり、彼らの名は永久に鳴りひびくだろう。――この前ベルリンに滞在した時、グリムが私を全く知らなかったことは、私を情けない気分にした。それで、私がこの都市でどんなに歓迎されているかを、話してくれる人があっても、私は、頭を横に振って、「だが、グリムは私を知りませんでしたよ!」と言った。その願いが今はかなえられた。

アンデルセンは人見知りをしない性質で、ベルリンでも多方面の人と知合いになった。畑違いの鉱物学のベルリン大学教授ワイス博士とも親しかった。アンデルセンが、ベルリン大学教授のヤーコプ・グリムは自分をまったく知らなかったことを話すと、ワイス教授は非常に驚いて、「それは、ひとを笑いこけさせるような逸話だ」と言った、とアンデルセンの日記（一八四四年六月二十二日）に記されている。

なお一八四五年十二月二十五日の日記によると、クリスマスに彼はビスマルク・ボーレン伯夫人のもとで二つの童話を朗読したことになっており、その一つ「もみの木」（二一八番）に、ヴィルヘルム・グリムはたいへん共感した、と記されている。その前日にもアンデルセンはヤーコプを訪ね、メルヒェンについて語っている。十二月二十七日には、グリム兄弟の恩師であるザヴィニー大臣の家で兄弟ともいっしょになり、彼は自作「雪の女王」（二一九番）と「ぶた飼い王子」（二二二番）を朗読している。

一八四六年一月一日の日記に、ホルケル教授の家に昼食に招かれ、グリム兄弟と同席したことが記されている。そこに「ヴィルヘルムはいつも私をからかう」と記されているのを見ると、彼らはかなりうちとけた仲になっていたことがわかる。

2　グリム兄弟の生涯

知られざるグリム兄弟

グリム兄弟は童話によって広く親しまれているが、じつは童話はこの二人の仕事のほんの一部分にすぎなかった。それとて、初めは伝承的な民話を、消滅しないうちに、拾いあげて保存しようとしたのであって、学問的研究の一端として「子どもと家庭のメルヒェン」を集めたのである。いわゆる児童文学者として彼らは登場したのではない。結果としてその本だけが子どもの読み物になったのである。

グリム兄弟は図書館員から大学教授になり、ベルリンで学士院会員になった最高の学者だった。弟は病身で量的に著作が少なかったので、兄ヤーコプだけがドイツの文化勲章を受けたが、弟も同様に抜群の学者であった。彼は七十三歳で死んだので、兄だけが七十七歳のとき、日本の遣欧使節の訪問を受け、オランダ語で対談した。それはグリムがドイツ文化界の代表者だったことを語っている。しかしその前に国王の違憲行為に抗議したため、大学を追放され、亡命の憂き目を見ている。

しかしそれが契機となり、『ドイツ語辞典』ができた。グリム兄弟生誕二百年を迎えるにあたって、その前年一九八四年に『グリムのドイツ語辞典』全三十二巻（付、出典表一巻）が廉価版として復刻された。この辞典は実用向きでない歴史的な内容のものであるが、すぐ売り切れた。グリム兄弟はその基礎を築いたとはいえ、彼らの生前にはFの半ばまでしかできなかった。あとはドイツ学界の精鋭が受けつぎ受けつぎして、最初の配本から約百年たって一九六一年にようやく完成した。にもかかわらず、それは終始『グリムのドイツ語辞典』として今日も通用している。

これらのことはあまり知られていないことである。よく知られているグリム兄弟にも、このように顕著な点で知られていない面があるので、その点を主として生涯をたどってみるのは、意味のあることであろう。

グリム兄弟は六人

グリム兄弟というと、童話を出した兄弟二人だけが考えられるが、じつは、下に弟が三人、妹が一人いたので、グリムは六人兄弟だったわけである。上の二人がずばぬけて高名だったので、弟妹たちの存在は影が薄くなってしまった。

しかし、いちばん下の弟、ルートヴィヒ・グリムは今日では画家として高く評価さ

ルートヴィヒ・グリム（末弟、自画像）

れるようになった。彼は、兄たちが長く図書館員をしていたカッセルの美術学校の教授になったくらいであるから、そうとうな芸術家だったにちがいないが、上の二人の兄に比べて一般には知られずにいた。しかし二人の兄のたいへん美しい肖像画を幾枚も残したので、グリム兄弟に関心を寄せていた人の間では、知られていたが、一般に認められるようになったのは、第二次大戦後である。カッセルにあるグリム兄弟博物館の入り口には、以前は長兄ヤーコプ・グリムと次兄ヴィルヘルム・グリムの肖像写真がかかげてあったが、いまはルートヴィヒ・グリムの写真もかかげられていて、三兄弟のかたちになっている。

三番目のカールと四番目のフェルディナントは平凡であったが、末っ子のロッテ〔シャルロッテ〕は、童話の語り手をヤーコプとヴィルヘルムとに取り次いだ点で大きな役割を演じた。実際、彼女の女ともだちが童話の主要な供給源となった。その女性たちについては本書第6章で述べる。

ロッテ（妹）

ロッテは男兄弟の中のただ一人の女だったので兄弟たちからかわいがられたが、なにせ父母を早く失ったので、貧しい生活に耐えねばならなかった。若い娘らしい楽しみを味わうことができず、女親を失った所帯で、薄給の独身の両兄を助けて苦しいやりくりをしなければならなかった。しかし運よく女ともだちの弟ルートヴィヒ・ハッセンプフルークと結婚することができた。夫は非常に有能で、異例の出世をして三十八歳でグリムたちの郷国ヘッセン国の大臣になった。その月給は、ゲッティンゲン大学教授時代の両兄の月給の合計の四倍という豪勢さであった。

恵まれなかった少女時代をいっきょに取りもどしたようであったが、ロッテはやはり薄幸であった。夫は強引な反動政策をとり、自由な政治活動を抑圧したので、悪名をはせることになった。グリム兄弟は古い学問にたずさわっていたが、考え方は進歩的だったので、ルートヴィヒ・ハッセンプフルークと相容れなかった。ロッテは板ばさみの苦境におちいったうえ、わずか四十歳の若さで、四人の幼い子をのこして死んでしまった。激動の時代の犠牲であった。

郷土

グリム兄弟は、ゲーテの生地として有名なフランクフルトに近いハーナウに生まれた。そのため今日では、メルヒェン街道の起点として知られている。西ドイツの中央部ヘッセン州に属するハーナウは、グリム兄弟の生まれたころは伯爵領であったが、やがて、ヘッセン大公国の中に入った。昔からいまも金細工や貴金属加工の一中心である。第二次大戦で大半破壊され、グリムの生家も焼失してしまった。しかし市役所前の広場に建てられていたグリム兄弟の銅像は無事に立ち続けている。ハーナウの町は近代工業とともに復興し、人口も九万近くになった。昔の伯爵の城館にはグリム兄弟記念室が設けられている。

ハーナウ市最高の見ものはもちろんグリム兄弟の銅像である。おそらくそれは記念碑の傑作といえよう。一八九六年に「ドイツ国民」の名で建てられた。一見妙に感じられるのは、兄ヤーコプが立っており、弟ヴィルヘルムがこしかけていることである。兄がこしかける形にするのが常識であろう。ところが、兄は小柄であったが、頑健で、引きしまったからだつきであったのに対し、弟は病身だったのに、背が高くふつくらしていた。だから、彫刻として、弟が立ったのでは格好がわるい。それに兄はいつも病身の弟をいたわっていたので、兄が弟をこしかけさせ、自分は弟をかばうように後に立つポーズを彫刻家はとったのであり、それは兄弟の関係を示すのにかなっている。

そして弟は学者らしくひざの上に大きな本をひろげているが、メルヒェンを担当した人らしく、夢みるように遠くを見ている。兄は立ちながらも、精力的な学者らし

ハーナウ市のグリム兄弟像と、その下に立つ著者

く、大きな本に視線を落としている。両者の姿勢は、兄弟愛とメルヒェンと学問とをよく象徴していて、見るものに強い感動を与える。

兄弟愛

ヤーコプとヴィルヘルムは一つ違いで、終生深い兄弟愛に結ばれていた。それは兄弟の生涯を貫くもっとも重要な要素である。兄が十一歳、弟が十歳のとき父が死んだので、二人は母を助けて苦難をともにした。それでおのずと兄弟のきずなが強められた。兄弟がマールブルク大学生のころ、兄がザヴィニー教授に招かれて、研究を助けるためパリに赴いたとき、十九歳の弟は兄にあてて「兄さんが行ってしまったとき、ぼくは胸が裂けるかと思いました。ぼくは我慢できませんでした。ぼくが兄さんをどんなに愛しているか、兄さんにはきっとわからないのです。夜ひとりでいると、どのすみからも兄さんが出てくるように思えます」と、まるで恋人にでもあてるような手紙を書いた。

それに答えて、二十歳の兄もパリから「ぼくたちは決して離れまい。ぼくたちの一人をどこかへ連れて行こうとするものがあったら、も一人がすぐ拒絶するようにしよう。ぼくたちは共同生活に慣れきっているので、一人になっただけで死ぬほど悲しくなるのだ」と恋人にあてでもするように書いた。

弟はまた「離れないようにしようという兄さんの手紙はぼくを感動させました。それはいつもぼくの願いでした。兄さんほどぼくを愛している人はなく、同様にぼくは心から兄さんを愛しているのですから」と書いた。

その願いのとおり、幼時から弟が先に死ぬまで、二人は同じ屋根の下で暮らした。そして協力して創造的な仕事をした。これほど実りゆたかな長く続いた深い兄弟愛は、史上たぐいまれであろう。

この兄弟愛はグリムを語るときの基調になるものであるから、初めに記しておかなければならない。

さて、グリム兄弟の父は、法律を学び、ハーナウで弁護士を経て、町役場の書記を勤めてから、一七九一年、ハーナウから東に遠からぬ「街道ぞいのシュタイナウ」に、伯爵領管理官兼司法官として移った。なだらかな山にかこまれ、草地の多い、自然の豊かなこのいなかは、グリム兄弟にとって「幼少年期の楽園」となった。ちょうちょうを追い、草花を集める喜びは、少年に健全な心身を恵んだ。六歳のヤーコプと五歳のヴィルヘルムは、それから五年間、幸福な生活を送った。それを二人は終生なつかしく回顧している。

ヘンリエッテ・チンマー伯母（ルートヴィヒ・グリム画）

修学時代

しかし一七九六年に父がわずか四十五歳で死んだため、一家は悲嘆と苦境の底に落ちいった。父は誠実有能な人であったが、産をなしてはいなかった。母はとほうに暮れたが、十一歳のヤーコプはけなげに母を支え、ヘッセン国の首府カッセルで女官長をしている伯母、ヘンリエッテ・チンマーに手紙を書き、一家を助けてくれるようにたのんだ。この伯母は独身で余裕があり、思いやりの深い人だったので、ヤーコプの手紙に感心し、その後、グリム一家を助けた。財産のないグリム兄弟が大学で学び、身を立てることができたのは、彼女の好意によるところが多い。シュタイナウでは十分な教育が受けられなかったので、素質のある兄弟を伯母はカッセルに招いて、高校に入れてやった。兄弟は母と弟妹に心残りな別れを告げ、一七九八年、カッセルに向かった。

早く就職して母をらくにするため、兄弟は人一倍勉強した。二人とも抜群の成績をあげ、飛び級のかたちで、ともに十七歳でマールブルク大学に入ることができた。もっともヴィルヘルムは過度の勉強のせいもあって、ぜんそくにかかり、終生苦しむことになったが、進学は遅れなかった。二人とも、就職に有利な法科を選んだが、新進気鋭のザヴィニー助教授に刺激されて、歴史的研究に心を注ぐようになった。ザヴィニーの基本的な考え方は、神事、祭礼、言語、行事、法律的慣習、伝説、民話、文学などの文化現象は、民族性という一つの源から多彩に開花したものだ、ということである。グリム兄弟はそれに深く共鳴して、兄は広く法律的古事や古い言語や伝説や古文献を、弟は主として古い文学やメルヒェンや中世文学を研究した。グリム童話集もドイツ伝説集もその産物だったのである。

マールブルク

兄ヤーコプは、ローマ法の著作のためパリに滞在していたザヴィニーに招かれてパリに行ったので、法律の歴史的研究にもたずさわった。またフランス語が達者だったため、外交官としてパリ、ヴィーンで働いたので、法律を学問的にも実務的にも生かしたが、弟ヴィルヘルムは、いずれの点でも法律に無縁になった。

兄は大学卒業直前にパリに行ったため、卒業にいたらなかったが、後にマールブルク大学から名誉博士号を贈られた。弟は国家試験を終え卒業したが、病身のため、また、ナポレオンのフランス軍がドイツを制圧し、カッセルをも占領するという状況だったので、就職するよしもなかった。兄はパリで研究にひたって幸福な日を送ったのに、帰国すると、戦乱で、不本意な就職を余儀なくされた。

激動の時代の童話収集

ナポレオンはカッセル地方を中心にヴェストファーレン国を作り、弟のジェロームをその国王に任じた。ヤーコプはカッセルのヴィルヘルム宮にある図書館でジェローム王の司書になって厚遇された。その少し前に、グリム兄弟の不遇な時期に母が死んで兄弟を二重に悲しませた。

兄が収入を確保したので、弟は二十三歳のとき、東方の大学町ハッレに行き、治療に専念した。兄は、金はいくらかかってもいいから十分療養するように、と励ました。ヴィルヘルムは、ハッレに近いヴァイマルに行き、文豪ゲーテを訪れ、もてなしを受けた。若い文学研究者にとって、これは大きな刺激となった。また気転のきく彼は、ゲーテの口ぶりや身ぶりをおぼえて帰り、そのまねをして友人を楽しませた。彼はかなり健康を回復して兄のもとに帰った。

その前後、兄弟はメルヒェンを集めていた。メルヒェンといえば、ロマンティックに美しいものを連想するが、兄弟のメルヒェン集めは決してばらの花園の中のそぞろ歩きのようなものではなかった。そもそも兄弟が大学に入り、学問に志した十九世紀の初めは、詩人シラーが歌ったように、「旧世紀はあらし（フランス大革命）の中に去り、新世紀は殺人（戦争）をもって開かれた」のであった。

兄弟がメルヒェン集めにかかった一八〇六年には、長い間つづいた、ドイツ国民の神聖ローマ帝国がナポレオンの圧迫で滅び、ドイツは支離滅裂になった。兄弟のいたカッセルもフランス軍に占領された。最悪の状態にあったわけである。それから、戦乱、ナポレオンの敗北と没落、それにともないヤーコプは公使の書記として、戦後処理にあたるため、パリへ、ヴィーンへ、パリへと困難な旅を重ねたので、メルヒェンにたずさわるのを妨げられた。

他方、メルヒェンの仕事を引き受けたヴィルヘルムがようやく童話集の第二巻の仕上げの部分を書いたころ、ナポレオンが流されていたエルバ島から脱出し、パリで再起したので、連合軍はワーテルローの決戦に向かった。ヴィルヘルムが親しいベッティーナ・アルニム女史へ童話集の第四版をささげることばを書いた中に、第二巻を書いていたころ、グリム兄弟も軍隊の宿営に悩まされ、ロシアの兵隊が隣りのへやで騒いでいた、と記している。平和であるべき『子どもと家庭のメルヒェン』は戦乱の中の産物だったのである。

学問的にも、童話集の前後に兄弟がいろいろなかたちで発表した古い文学の研究は、賞賛もされたが、酷評も受けた。兄弟はやがて、そして今日でも、ドイツ文学研究の先駆、確立者とされるようになったが、当時は賛否まちまちであった。ヤーコプはすでに二十三歳のとき、「伝説は文学と歴史に対してどういう関係にあるかについての考察」において、民族的な自然発生的な文学を「教化されない人々の文学」とし、個人的な近代の創作文学を「教化された人々の文学」として対比する創見を示した。グリムはその前者の伝承的な文学を主として研究した。

童話収集もその一翼であった。もちろんその時代の新しい文学の精華であるゲーテやシラーに高い尊敬を払い、彼らや同時代の作家の作品からドイツ語辞典に多くの引用をしているのであるが、古びた文献や伝承と取り組んでいたので、物置小屋のがらくたをいじくり回しているというような酷評を受けた。後には童話の宝庫とされるようになった童話集についてさえ、一時はそうであった。

ジェローム王は享楽的で宴遊を好み、ドイツ人民を搾取したが、司書ヤーコプに好意的であった。待遇がよく、彼は研究の時間と便宜に恵まれていた。しかしジェロームは王さまらしくむら気で、ある日突然、ヴィルヘルム宮の図書室をあけるようにヤーコプに命令した。やむなく彼は蔵書をカッセル市内の旧城に運ばなければならなかった。ところが、まもなくその城が火災にあったので、彼は本を手当たりしだい外に投げ出すという始末になった。それは一八一一年秋のことで、童話あつめがかなり進んだ時期であったが、兄弟の身辺はこのように多事であった。

弟は療養のかいあって快方に向かっていたが、一八一一年にはまた心臓のぐあいが悪くなり、死期が迫ったように感じ、兄にあてて別れの手紙を書いた。その年の六月ごろから毎夜兄が寝たあと、書き続けたもので、肉親についての心づかいが記されているが、幸い病気が収まったので、その手紙は中絶された。それは「兄さんへの愛がこの世で最愛の第一のものである」ことを伝えておく遺書のようなものだったからである。

童話集の第一巻は、戦雲の立ちこめるなかで刊行された。モスコーからナポレオンが敗退してパリに逃げ帰ったころで、紙などの物資は乏しく、市民は本を手にする余裕にも乏しかった。第二巻のための童話収集も続けられていたが、一八一五年にはグリムの三人の弟、カールとフェルディナントとルートヴィヒは、百日天下のナポレオン攻撃のため従軍し、ヤーコプはパリ占領後の処理のため公使書記として連合軍に従ってパリに向かった。国内ではドイツ軍や家族の救援寄付がつのられ、ヴィルヘルムは兄と共編した中世叙事詩『哀れなハインリヒ』の印税をそのため寄付した。

戦乱の情況の下で難航した第二巻は、一八一五年一月ようやく刊行された。その半年前からヤーコプはヴィーン会議のため、そこに滞在していたので、童話集をまとめる仕事はヴィルヘルムにまかされていた。ヤーコプはしかし「会議は踊る」なかで、スラブ語の勉強をし、童話集めのための回章を出したりして、その面の仕事に熱意をもちつづけていた。

図書館員として

その前後に、ヴィルヘルムは一八一四年、カッセルの大公の図書館のつつましい書記になり、二年後にはヤーコプは司書に任命された。薄給ではあったが、念願どおり、いっしょに仕事をし研究することができるのは、何よりの喜びであった。図書館の仕事はひまだったので、兄弟は生涯を通じ、もっとも実り多い年月を送り迎えた。

二人はまず、童話集の姉妹編ともいうべき『ドイツ伝説集、グリム兄弟編集』（一八一六―一八年）二巻を出した。広く知られている「ハーメルンの笛吹き男」などはその中にある。童話集が愛らしい野の花とすれば、伝説集は新鮮な香りを放つ野草にたとえられる。

それから後、兄弟別々に業績を発表するようになった。もちろん童話集は兄弟の名で増補されていたし、グリム童話を広く普及させた『五十童話』も『兄弟によって集められた小さい版』（一八二五年）となっている。もっとも実際にたずさわったのは弟であるが。

なお別々に仕事をするようになった後も、一八二六年に出た『アイルランドの妖精童話』は「グリム兄弟によって翻訳された」となっている。これは、兄弟が国境を越えてメルヒェンに興味を寄せていたことを示している。兄もアイルランドのメルヒェンや言語に関心を抱いていたが、クロフトン・クローカーのアイルランドの妖精伝承の一部を独訳したのは、主として弟であり、弟はその訳本のために「妖精について」という長文の序説を書いている。ヴィルヘルムは、少しでも兄の関与しているものについては、「グリム兄弟によって」としたのである。彼の奥ゆかしさと兄への尊敬の念がうかがわれる。

ヴィルヘルムはまた、クロフトン・クローカーの集めたアイルランドの妖精伝承の続編から九編を独訳していた。それがごく最近マールブルクの国立文書館で発見され、一九八六年に『アイルランドの陸と海のメルヒェン』として英独文対照版のかたちで刊行された。ヴィルヘルムのメルヒェンに寄せた熱意と、それに対する現代の研究者の熱心さに心を打たれる。

そういう例外はあるが、兄弟は別々に仕事をした。兄は『ドイツ語文法』という大業に取り組み、その第一部を一八一九年に、それの根本的改訂再版を二二年に出し、一八三七年の第四部をもって未完のまま終わった。これは教科用文法書などではなく、ゲルマン語（独、英、蘭、北欧語など）相互間と古典語との親縁関係を追究したもので、広く印欧語の研究になっている。それでこの本は「ことばの博物館」とも呼ばれた。

とくに古典語と欧州語のあいだに、子音の推移に法則があることを明らかにしたので、それは、イギリスの学者によって「グリムの法則」と名づけられ、高く評価されている。もっとも、その法則はグリムより一年さきにデンマークの言語学者ラスクによって指摘されていたが、ヤーコプはそれを発展させたので、すでに名を知られていたグリムの名が冠せられることになった。

　ヤーコプは見通しのつかない原始林をかきわけるような冒険的な大著を手がけた。『ドイツ法律古事誌』（一八二八年）もその一つである。これは、ドイツの古代から近世にわたって、法律の基になった慣習、犯罪、刑罰、相続、徴税などの事例を広く集めた基礎的な文献である。その点で、法律だけでなく、ドイツ古来の国民性を知る重要な資料である。おもしろいことに、第7章でもまた述べるが、その本の末尾に日本の「火による犯罪判定法」（探湯《くかだち》）と、「潔白を証明する飲み物」（熊野牛王《くまのごおう》）という護符に言及している。ヤーコプの博識ぶりをうかがわせる。

　兄の精力的な多産ぶりに対し、弟は自分をいたわりながら入念な仕事をした。ヤーコプは「弟は多くの点で、ことに如才なさにかけて私にまさっている。彼の弱い健康は、あまりこしかけ続けないように、社交的に暮らすようにすることによって、驚くほどよくなった。私は長い習慣から孤独で静かである」といっている。兄は弟の「銀のまなざし」をほめ、弟は兄の「鉄の勤勉と明察と博学」をほめた。相互の長所と仕事ぶりの差を認めあっていたことがわかる。

　ヴィルヘルムはこの時期に、古代ドイツの「ルーネ文字」に関する本を一八二一年に出した。これは松葉を並べたような原始的な文字であるが、ギリシャ語とラテン語の文字にならった表音文字である。ヴィルヘルムはその起源から説き起こして、ゲルマン民族最古の文字の研究に基礎を置いた。つづいて彼は『ルーネ文字の文学について』（一八二八年）を出した。

その間、一八二二年に妹ロッテがルートヴィヒ・ハッセンプフルークと結婚した。彼は、グリム兄弟にメルヒェンを伝えたマリーや、ジャネットの弟で、有為な青年であった。メルヒェンが縁結びになったわけである。そして一八二五年には、ヴィルヘルムはメルヒェンによって結ばれて、ドルトヒェン・ヴィルトと結婚した。ドルトヒェンはマリーとともにグリム童話にもっとも多くの寄与をした娘さんであった。ドルトヒェン・ヴィルトの実家は太陽軒という薬屋で、グリム一家と近所づき合いをしていたので、グリム兄弟の母はすでにドルトヒェンを自分の娘のようにかわいがっていた。ヴィルヘルムは、メルヒェンの語り手ドルトヒェンを妹のように愛していた。結婚の相手は彼女以外にありえなかった。ただ彼の健康のためのびのびになり、ようやく三十九歳で三十二歳のドルトヒェンといっしょになった。彼女はヴィルヘルムにとって文字どおりよりよき半分となった。病みがちの夫を助け、同じ家に住みつづけたヤーコプの世話をし、メルヒェンの仕事を手伝いもした。ヤーコプは生活のことはいっさい弟夫婦にまかせ、終生独身で研究に専心した。珍しい幸福を享受した三人であった。

それで、その間のことが「一人が結婚しなければならない」という喜劇に書かれ、ミュンヒェンで上演され評判になった。その筋は……。

ヤーコプとヴィルヘルムという兄弟は、仲はよいが学問に没頭している教授で、結婚を考えない。そこで伯母さんがめいのルイーゼをどちらかと結婚させようとして、くじを引かせる。くじはヤーコプにあたったが、彼は女性にどう接したらよいかわからず、自分は独身で書物に生きると言い、弟にくじを譲る。弟はルイーゼを抱擁する。

仲のよい学者気質の兄弟をほほえましく思い浮かばせる。この芝居のプログラムが兄弟の遺稿類の中に保存されているのをみると、兄弟自身この芝居に好感を抱いたと思われる。

ヴィルヘルムの結婚の年に、彼が心を傾けていた『グリム童話の小さい版』（五十童話）が出て、急速に版を重ねた。めでたい記念出版になったわけである。

薄給の図書館員ではあったが、グリム兄弟は学究として内外から高く評価されていった。しかし、選帝公に昇格していたヘッセン国大公は学者や図書館員に理解をもたなかった。ヤーコプが力作『ドイツ語文法』第一部を選帝公に献呈したとき、公は

「そのような副業のために勤務を怠らないように」とだけ伝えさせたので、ヤーコプはいたく失望した。彼は勤務には誠実であった。司書の仕事はひまが多いので、その時間に研究したのである。彼の失望を耐えがたくするような事件が起きた。

一八二九年一月、図書館長のフェルケルが死んだ。グリム兄弟はすでに十年余り勤めており、学識経験に富んでいたので、ヤーコプが館長に、ヴィルヘルムが司書に昇進するものと期待した。ところが、後任には、図書館に経験のない修史官ロンメルが任命された。兄弟は前途に希望のないことを痛感した。それに兄と弟二人が同居していたうえに、ヘルマンという子どもが生まれたので、家政を受け持ったヴィルヘルム夫婦は、薄給ではやりきれないと思った。

そのとき、ゲッティンゲン大学がグリム兄弟を招きたいと伝えてきた。兄弟は郷国ヘッセンに強い愛着を抱いていたので、ハノーファー国へ移ることをためらった。しかし、兄弟をいっしょに高給で迎えるという熱意は、二人の心を動かした。二人がヘッセン公に退職願いを出すと、翌日あっさり承認された。兄弟のゲッティンゲン行きはきまった。

ところが、そのとき初めてグリム兄弟が高名な学者であることを知ったヘッセン公は、あわてて兄弟を高給で引き止めようとした。しかし、もはやそれに耳をかすことはできなかった。兄弟は去りがたい郷国を重い心をもって去っていった。

ゲッティンゲン大学教授

グリム兄弟は一八二九年の暮から翌年三月にかけて、ゲッティンゲン大学に移った。ヤーコプは教授兼司書官として、ヴィルヘルムは副司書官として公務員就任の宣誓をした。兄弟とも司書が本職であったが、ヤーコプはもちろん、ヴィルヘルムも翌年から助教授として、四年後から教授として講義をした。

ドイツの大学の慣例の就任講演を、ヤーコプは「郷愁について」という題で行なった。ヘッセン国への郷愁について述べ、

1829年夏、カッセルにて。窓辺にヤーコプが立ち、ソファにはヴィルヘルムとドルトヒェンが座り、ロッテがベルタを抱いている。椅子にかけているのはルートヴィヒ・ハッセンプフルーク、手前の子どもたちは左からカール・ハッセンプフルーク、フリッツ・ハッセンプフルークで、中央前方でルートヴィヒ・グリムがヘルマン・グリムと遊んでいる

郷土愛と母国語との深い結びつきを強調した。弟は遅れて「歴史と文学について」という題で就任講演をした。彼も兄と同様、ことばという奇跡から出発するが、兄がもっぱらことばそのものを重んじているのに対し、弟はことばの産物である文学に重点を置いている。そこに兄弟の差が認められる。

大学の図書館での仕事は、カッセルでのような閑職ではなく、かなり多忙で自分の時間があまりもてないので、カッセルを離れてきたのを後悔する気持ちにさえなった。おまけに、一八三〇年の七月革命後、物情騒然としたので、ヴィルヘルムも図書館の夜警にあたっているうち、風邪をひき、肺炎を起こし、一時は憂慮された。

そんなふうでヴィルヘルムは司書の仕事が十分できないので、兄が弟の分まで片づけてやることさえあった。あるとき、ヤーコプは、講義中、突然絶句して、黙ってしまった。やがて気を取りなおし、「弟の病気が悪いので」と弁解してから講義を続けた。

しかし、弟はニーベルンゲンや中世の格言詩人フライダンクなどについて楽しく講義をし、学生に喜ばれた。ヤーコプは「講義は楽しくなく、骨が折れるだけで学ぶところがない。きまった時間に講壇にのぼるのは、芝居じみていて、きらいだ」と言っているように、ひたすら学ぶ人で、教える人ではなかった。

しかしヤーコプの業績は目ざましかった。『ドイツ語文法』の第三部、第四部を仕上げた。その間、病気の重かった弟を思い、「私はただおまえのためにこの本を書いているような気がした。したがって、もしおまえが私から奪われたら、私は書きあげる気がしなかったろう。神の恵みでおまえは生きのびてくれた。だから、この本は正当におまえのものだ」と第三部の序文に書いている。

その他に彼は『ドイツ神話学』（一八三五年）の大著を出した。そのなかで彼は古い神話を掘り起こし、消滅した神々や妖精をよみがえらせた。それによってこの本は「陶酔的な感銘を与え」、神話研究の先駆となった。それでヤーコプの生前に三版に達し、その後も増版され、第二次大戦後も復刻版が出された。その他にも、中世の動物寓話「ラインハルトぎつね」、ドイツの最も古い歴史書の著者、タキトゥスに関する論文などがあり、いずれも注目された。

ヴィルヘルムの労作は少ないが、十三世紀の処世訓詩集『フライダンクの分別集』の復刻版（一八三四年）を出した。これは「世俗の聖書」といわれるくらい普及した本で、ヴィルヘルムの研究は今日なお珍重されている。ただし、彼が遍歴書生フライダンクを中世最高の叙情詩人W・v・d・フォーゲルワイデと同一人としたのは、詩人はだのヴィルヘルムらしい誤りであった。

兄は大学で評議員に選ばれ重きをなし、宮中顧問官の称号を受けた。しかし、教授のガウン着用に対しては、時代に逆行するものとして彼は反対し、着用しなかった。おもしろいことに、ヴィルヘルムには教授ガウンがよく似合い、それをまとった肖像画が末弟によって描かれ、今日でもそれがしばしば転載されている。兄弟は仲がよかったが、いろいろな点で個性の違いを示している。

七教授追放事件

わずらわしい俗事に妨げられながらも、兄弟はつつましく平穏に静かな研究にふけっていた。その侵しがたい神聖な静けさを破る大事件が起きた。ゲッティンゲン大学七教授追放事件である。

一八三〇年、パリに七月革命が起こってから、進歩、革新の波に対して、メッテルニヒに同調する保守、反動の巻き返しが強まり、両派の抗争は各国で激しさを加えた。ゲッティンゲンの所属するハノーファー王国も例外ではなかった。

一八三三年九月、ここでも進歩的な新憲法が制定され、不十分ながら民主的な政治が行なわれるようになった。ところが一八三七年、エルンスト・アウグスト王が位につくと、貴族党と結んで独裁政治をめざし、憲法を一方的に破棄した。これは国王みずから憲法違反を犯す行為であった。多くの市民は動揺し、国王に反対する気運が高まった。しかし、なにせアウグスト王はハノーファー軍を率いてナポレオンと戦った将軍で武力を握っていたので、反抗は困難であった。

そのとき、七教授が大学当局に対し抗議書を提出したことが伝えられ、市民を力づけた。七教授は、民主的な憲法の成立に尽力した歴史家ダールマンと、ヤーコプ・グリムと、文学史家ゲルヴィーヌスの三人を中心に、ヴィルヘルム・グリムと、法律家アルブレヒトと、ヘブライ語学者エーヴァルトと、物理学者ヴェーバーの四人である。

いずれもエリートの教授であった。追放された後、やがて七人とも他の大学に迎えられたし、最後の二人は年を経てゲッティンゲンに呼びもどされている。さらに中心となった三人は、一八四八年にフランクフルトの国民議会の代議員に選ばれた。七人の思想と行動が世人から評価され、支持されていたことがわかる。

七人は憲法に従って宣誓して教授になったので、良心に基づいて、国王の違憲行為を認めることができないと抗議したのである。それは一般に強い感銘を与え、王公の中にさえ、ハノーファー王の権力乱用を嘆き、七教授に拍手を送るものがあったが、大学当局はにべもなく抗議をはねつけた。にもかかわらず当局の威圧を無視するかのように、抗議の主旨は内外の新聞によって伝えられ、大きな反響を巻き起こした。強権に屈せぬ七人の正義の声は、いたるところで共感を呼んだ。

その声のひろがるのを恐れた国王は、七人は革命的反逆をあおるものとして、強圧的処置に出た。首謀者ダールマン、ヤーコプ・グリム、ゲルヴィーヌスは免職とする、三日以内に国外に退去すること、他の四人も免職とするが、静粛にするかぎりゲッティンゲンにとどまることを許す、というのであった。国王は軍人で、「教授と娼婦と踊り子は、数ターラーよけいに出しさえすれば、いくらでも得られる」と放言していたくらいであるから、高潔な学者を追放することなど、なんとも思わなかったであろう。

ゲッティンゲンでは学生も市民も、七教授への礼賛と同情と、当局に対する不満とで、興奮状態におちいった。ダールマンは講義を閉じるとともに、学生に平穏に行動するよう訴えたが、学生はデモに集まり、七教授に敬意を表する決議をし、各教授の家の前で万歳を唱えた。九百人の大学生のうち八百名が抗議文の写しを数部ずつ作り、王国の内外にひろめた。

当局は市に戒厳令をしき、学生のささいな抵抗にも暴力を加え、五十名を逮捕した。学生の集会は禁止されていたが、国外に退去するダールマンとヤーコプ・グリムとゲルヴィーヌスを見送るため、十二月十六日夜、三百人の学生が凍りつくような寒気の中を六時間も歩いて国境まで行き、待ち合わせていた数名の教授とともに、三教授に花束をささげ、別れを告げた。

ヤーコプはヘッセン人であり、末弟が近いカッセルで美術学校の教授になっていたので、そこに身を寄せることができたが、他の二教授は十二時間後にカッセルを退去しなければならなかった。ヴィルヘルムは失職はしたが、ゲッティンゲンにとどまることを許されたので、家族もあることとて、十ヵ月後にカッセルに移った。住む所はあったが、きまった収入がなくなったため、生活の方途を考えねばならなかった。しばらくゲッティンゲンにとどまっていたあとの三教授も、やがて亡命していった。

七人は亡命という非情な運命におちいったが、この事件の反響は予想せぬほど大きかった。ライプチヒには七教授救援の組織ができて、十二月のうちに、もう醵金《きょきん》の一部がヤーコプにとどけられた。そしてそれから、大学の月給に相応する金額を兄弟は受けることになった。その他の都市からも陣中見舞が送られてきた。

もちろん精神的な激励と支援とは全国から寄せられた。その一例をあげれば、遠くヴィーンの詩人A・グリューンはヤーコプをたたえる長詩を発表した。彼は伯爵であったが、「ヤーコプ・グリム」という詩で「ドイツ語の旗を堂々とかかげている忠実と名誉の人よ……私は、ゲッティンゲンの学生であったなら、あなたの家の前で、ギターをかき鳴らして、セレナーデをかなでるであろう。窓ガラスだけでなく、ハートも震えるように!」と歌った。

しかし、何より強い響きを発したのは、ヤーコプの書いた弁明書「彼の免職について」であった。彼はカッセルに亡命して十日あまりたつと、ひとの拍手を求めるためでなく、自分たちの志操が誤りなく伝えられるようにと、事件の経緯を三十ページほどに書いた。彼は国から課せられた義務を守ろうとして、ためらわず良心の声に従ったゆえに、侮辱を受けるにいたった。大学の基調は学ぶものと教えるものの自由にあり、教授は学生にその範を示さなければならない。王の面前でも真実を直言するのが教授の任務である。そういう考えから、右に記したような経緯を簡潔に力強く述べている。

ヤーコプはその原稿を弟に送り、意見を求めた。弟は大幅に手を加え、表現を緩和するだけでなく、自分たちの主張がよりよく伝わるようにした。その修正を見ると、ヴィルヘルムは兄たちに追従したのでなく、抗議について積極的であったことがうかがわれる。ただ兄は、まだゲッティンゲンにいる弟が迫害を受けるのを恐れ、ヤーコプ単独の名で発表した。

この弁明書は、ドイツでは出版することができず、スイスのバーゼルで出すのを余儀なくされたが、たちまちドイツにひろまり、感動を高めた。弁明書はその後今日まで いくどとなく復刻され、一九五八年のブリュッセル万国博覧会のときは、とくに設けられた「自由の殿堂」にヤーコプの「彼の免職について」が陳列された。

この事件の後日談を一つ記しておこう。グリム兄弟に寄せられた救援金のうち、家事一切を受け持っていたヴィルヘルムは、自分の分を別にしまっておいた。そして遺言に、この金は自分たちと同じような困難におちいった人のために使うようにと記されていた。彼の息子ヘルマン・グリムはベルリン大学教授になってから、久しく同じような不幸な事件が起きなかったので、そのお金で、父が手がけた『グリム五十童話』を毎年五百部ずつ買い取って、海外にいるドイツの子どもに贈った。それは父ヴィルヘルムの志にかなった、もっとも美しい使途だったといえよう。

学士院会員、兼ベルリン大学教授

亡命のまま末弟の家にいつまでもいるわけにはいかない。だが、就職は困難だった。ドイツの連邦各政府は、七教授をすぐには任用しないことを申し合わせていたからである。すぐ教職につけたのは、チュービンゲン大学に迎えられたエーヴァルトだけであった。

そのとき、兄弟にもっともふさわしい精神的な仕事がもちこまれた。

グリム童話の出版者の息子K・ライマーと、ライプチヒ大学言語学講師M・ハウプトの二人は、グリム兄弟の学識を生かし、経済的にも役立つように、大きなドイツ語辞典を作ってもらおうと企画した。若い二人の着想と熱意はグリム兄弟を動かした。精力的で、「誤りをおかす勇気」をもち、決断の早いヤーコプは受難の翌年、一八三八年八月末にすでに新聞に辞典の予告を出した。すでに五十歳を越えていたので、兄弟は七巻くらいの辞典にする考えで着手したが、それは結局、三十二巻の大著になり、兄弟にとっては文字どおり命取りになり、百年を要した悲劇的な大事業となった。それについては、第4章のグリム兄弟の著作の項に記した。

辞典は、多数の協力者による文例のカード作りに時間がかかり、遅々として進まなかったが、グリムの辞典は意義ぶかい事業として識者の注目を引き、それを完成させたいという動きもあった。それが兄弟をベルリンに招こうという機運になった。

とりわけ、童話集の刊行に力を貸したアルニムの未亡人ベッティーナ・アルニムはそのため熱心に奔走した。彼女はグリム兄弟と親しかったし、童話集の初版は彼女とその幼児にささげられたのであり、ヴィルヘルムは第三版に美しい献詞を彼女にあては、ベッティーナは、ゲーテとベートーベンを会わせるという放れ業《わざ》をやったベッティーナは、ベルリンでグリム復活のために精力的に有力者を説いた。しかし、グリム兄弟を追放したハノーファー王室と、ベルリンを首都とするプロイセンの王室とは親類同士だったので、困難は大きかった。

一八四〇年、フリードリヒ・ヴィルヘルム四世はプロイセンの王位につくと、グリム兄弟ベルリン招致を推進した。「王座のロマン主義者」と称せられた四世は皇太子時代からグリム兄弟に好意を寄せ、ベッティーナを支持していた。幸い、グリム兄弟の恩師ザヴィニーはベルリン大学教授で、政府でも有力な地位にあったので、王はザヴィニーと相談し、事を進めた。王は即位後五ヵ月で裁断を下した。ヤーコプのパリでの働きを現地で見ていたアイヒホルンは、それ以来ヤーコプを高く評価して、ボン大学に招こうとしたのであったが、いまは文部大臣としてグリム兄弟をベルリンに招く文書を書くことになった。それは好感と敬意に満ちた文面で、生活の憂いなくドイツ語辞典に献身するようにという趣意であった。

兄弟とも、学士院会員として自由に研究に従うことが許され、ベルリン大学教授として講義をすることも認められた。それに破格の俸給が与えられることになった。追放され亡命の憂き身にあったものが、まさに一陽来復の春を迎えたのであった。

それも兄弟が勇気ある正義の学者であることをあかし、逆境にめげず、辞典の大事業に取り組む不屈の精神を示したからである。兄弟の人格と業績が禍を転じて福となしたのである。

兄弟一家は一八四一年三月ベルリンに移った。ヤーコプは四月末に大学で講義を始めた。長くつづく学生のブラヴォーの声に迎えられた開講は「大いなる日」だったと新聞に伝えられた。ヤーコプは感動して、「運命は自分を屈服させず、かえって高めたのだから、諸君の中に自分を導いてくれた運命をたたえたい」と言った。

彼の聴講者の中に、後の偉大な歴史家ヤーコプ・ブルクハルトがいた。タキトゥスの『ゲルマニア』に関するヤーコプ・グリムの講義は「自分の聞いた講義の中でいちばん美しく興味ふかかった。高い学問的含蓄とともに、この謙虚な人とその話しぶりは、たいへん懇切であった」とブルクハルトは回顧している。

ヴィルヘルムは、五月半ばに就任講義をした。彼の話は文学的であったが、強い感慨のこもったものであった。「花は夜の間に伸びて、朝いっそう豊かにうてなを開く。そのように自分は夜の霜にいためられなかった」と復活の所感を述べた。

しかし、ドイツ語辞典の重荷をせおっていた兄弟にとって、ことに教えることに興味をもたぬヤーコプにとっては、講義は心を重くする負担であった。ヤーコプ・グリムは「人なみすぐれた研究家であるが、人なみ劣った教師であった」と有名な歴史家からいわれたほどである。兄に比べれば、弟はすぐれた教師だと認められた。それでヤーコプは六十三歳で講義をやめたが、ヴィルヘルムはからだが弱かったのに、六十六歳まで講義を続けた。

兄弟は資料や原典に密着した地味な学究だったので、人気のある講義ではなかったが、人格的に学生の間に人気があり、二人の誕生日には学生はいくどもお祝いをした。ことにゲッティンゲン七教授追放事件二十五周年めには、七十七歳のヤーコプに、学生たちは感激に満ちたメッセージをささげた。

「学問の精華である、堅い心の七人が、高い勇気をもって信念を貫いてから、四半世紀たちました。道徳的行為においてドイツ国民の教師であるために、七人は公職を犠牲にしました。……暗黒の時代に少数の人が戦って守ったものが、国民の遺産となりました。　国民は神聖なもののために責任をもつことが何を意味するかを知りました。　……ドイツの自由の朝焼けが老先生の夕べを金色に染めますように！」

それは、ヤーコプたちの精神が若い学徒の心にどんな火をともしたかをよく示している。

兄弟はむしろ学士院で専門的な講演をした。それは多彩で興味ふかいものが多く、二人の小論文集に収められている。ヤーコプには「花に由来する女性の名まえ」「こだまについて」など一般人が読んでもおもしろいものがある。ヴィルヘルムの学士院講演には「キリスト像の起源についての伝説」「戦いを表わすドイツ語」など、案外に堅いものが多い。

ベルリンとなると、活気のある新興首都なので、社交に時間をとられることが多かった。アンデルセンの訪問とその後の接触などその一例である。社交的なヴィルヘルムはけっこう交際を楽しんだが、「僧房の勤勉」を旨とした兄は、親友とでさえ、直接会うより手紙での交わりに熱心であったから、世間的にわずらわされることをきらった。しかし多くの人の協力を要する辞典編集には、人との接触はやむをえなかった。

ヤーコプは一八四二年に、新たに制定されたプール・ル・メリト（文化勲章相当）を授与された。恩師ザヴィニーや歴史学の大御所ランケらとともに、その第一回の受章者になったので、ヤーコプの名声はいっそう高くなった。その勲章をつけた彼の肖像画はフリードリヒ・ヴィルヘルム四世王のプール・ル・メリトの間《ま》に飾られた。ヴィルヘルムがその年、重病に苦しんだときは、国王は侍医をつかわしたというふうで、兄弟は宮廷から厚遇され、その行事にもよく招かれた。兄弟は書斎の人でとを望んだが、ベルリンの社会と時代の動向は静かな研究に専心することを許さなかった。

フランクフルト会議

一八四六年九月、ドイツ文学者会議が自由市フランクフルトで開かれた。集まったのは、ドイツ語文学と歴史と法律の三分野の代表的な学者であった。文学者会議ではあったが、精神の作興《さっこう》と祖国の自由と統一とを推進しようとするもので、二年後のフランクフルト国民議会の下地となった。会議の冒頭、南独の文壇の雄ウーラントの発議で、ヤーコプ・グリムは満場一致で議長に選ばれた。ランケやかつての同僚ダールマンやゲルヴィーヌスなど高名な学者、文人が多かったのに、ヤーコプの人望はそれらの人の上にあったことがわかる。

ヤーコプは議長をつとめただけでなく、「精密でない学問の価値について」という充実した独創的な講演をした。数学、物理、化学などの精密な科学に対して、言語、文学、歴史、法律などは精密でない科学であるが、人間の心をとらえる点で大きなはたらきをするから、精密な科学に劣らぬ価値をもつことを説いたのである。科学的に造られた鉄道は必要であるが、自然に流れる河川もまた人間にとって貴重である。精密でない学問はそういう河川に比べられるというたとえは、ひとを納得させるであろう。

ヴィルヘルムは、兄に代わって、学界注目の『ドイツ語辞典』について、編集方針を述べ、これが単語の博物学であると同時に、ことばの生命に対する感情をよみがえらせるような歴史的辞典になることを明らかにした。そしてルターからゲーテにいたる著作から多くの文例を引くので、時間がかかり、遅滞していることを報告した。

第二回のドイツ文学者会議は、やはり自由市であるリューベックで開かれた。そのときは投票によったが、ヤーコプは過半数を得て再度議長に選ばれた。彼は謝辞の中で「自分は祖国より以上に愛したものはないといわれたい」と述べ、一同に強い感銘を与えた。彼は盟友ダールマンと抱き合って感動の涙を流した。その愛国の熱情はそれからしばらく彼を政治に深入りさせ、にがい幻滅を味わわせる結果となった。

一八四八年五月、フランクフルトで国民議会が開かれると、ヤーコプはダールマン、ゲルヴィーヌス、ウーラントなどの盟友とともに代議員に選ばれた。そして議場でヤーコプは最前列中央のもっとも名誉ある席をあてられた。この議会は、三月革命によって熱狂的に高まった民主主義の機運に乗じて、諸王公の国に分立していたドイツを統一することと、封建政治から人民を解放する民主憲法を作ることを課題として

フランクフルト国民議会（左下、原稿を持っているのがヤーコプ。1848年）

いた。

その議会は、代議員と代理者八百三十名のうち、大学卒業者が大半を占め、大学教授だけでも四十九名を数えた。「教授議会」と呼ばれたのは、空理空論を意味するものでもあった。現実政治から離れたエリートの集まりで、言いたい放題の観があり、まとまりがつかなかった。ヤーコプは五回演説したが、党派に属さなかったので、彼の発言は力をもたなかった。

グリムの憲法草案は「すべてのドイツ人は自由である。ドイツの土地は隷属を許さない」と始まる簡潔明快なものであったが、少差で否決され、現実的な草案が採択された。ヤーコプはまた民主的な立場から、貴族と勲章を廃止せよと演説した。

しかし、既成の連邦諸国政府は国民議会に反対したし、内部でもオーストリアをふくむ統一国家を主張する大ドイツ派と、オーストリアを除く小ドイツ派とに分裂し、急進民主派と穏健派の対立もあって無力化した。

そこにもってきて、ドイツ・デンマーク戦争での勝利にもかかわらず、英露の干渉によって、屈辱的な譲歩をするという不幸な事件が起きた。ドイツ北端のシュレスヴィヒ、ホルシュタイン二公国はドイツに帰属していたし、現在でもそうであるが、デンマークが隣接するシュレスヴィヒを引き離して併合しようとしたためプロイセンと戦争になった。勝ったプロイセンが強大になるのを恐れた英露は、プロイセンに休戦を強い、デンマークの言い分を認めさせた。フランクフルト国民議会はそれを承認したため、ドイツ人は失望憤激し、国民議会の裏切りに対し暴力ざたに出る事態となった。ヤーコプも、国民議会が国民を代表していないことを痛感し、十月二日、脱退してベルリンに帰ってしまった。

彼はしかし、オーストリアを別にした小ドイツの統一をはかるための運動に参加したが、不毛に終わった。「勝ち誇る反動――それが時代のレッテルだった」からである。さらに不毛に終わったのは、シュレスヴィヒのドイツ復帰運動であった。彼はそのため繰り返しアピールをし、醵金を呼びかけた。しかし彼の悲願にもかかわらず、シュレスヴィヒ、ホルシュタイン両公国は一体として、彼の生きている間は、ドイツ領にならなかった。彼の死後一年たってそれが実現されて、今日に及んでいるのをみれば、彼の主張が単なる老いの一徹ではなく、本来正当だったことがわかる。

彼は郷国ヘッセンを愛し、祖国ドイツを愛したが、偏狭な愛国主義者ではなく、学問的にも、一般的な考え方においても、正義に基づく自由主義者であった。時代が反動的に傾いていたことは、政治的には彼を受難者にした。

兄弟の最期

ヤーコプは五十代の末にイタリアとスカンディナヴィアに旅行したが、国民議会以後はヴィルヘルムとともに書斎の生活に帰った。ヤーコプはなお『慣習法令集』や『ドイツ語の歴史』などの大著を、弟は『韻の歴史』や『子どもと家庭のメルヒェン』第七版の仕事をしながら、ともに『ドイツ語辞典』に精魂を注いだ。限りなく降りしきる雪のように積もるカードに埋まりながら、二人は悪戦苦闘した。ヤーコプは病身の弟にそのような苦しい仕事をさせることをくやんだ。すでに弟のからだは衰えていた。あれほど仲のよかった兄弟だが、二人はいっしょに散歩をしなかった。ティ

ヤーコプ（右）とヴィルヘルム（左）
（『ドイツ語辞典』の口絵）

ーアガルテン大公園を散歩しているとき、とっとと歩くヤーコプと、心臓をいたわりながらゆっくり歩く弟とは、ばったり出会っても、いっしょには歩かず、うれしくうなずき合いながら別々に帰宅するというふうであった。
弟が六十歳近くなったころ、高熱のため苦しさのあまり、ベッドからはいだそうとして手に負えなくなったことがあった。看病していた者たちは書斎にいたヤーコプを呼んだ。ヤーコプが無言で弟のまくらもとにこしかけ、じっと顔を見つめると、弟は落ちついて静かに眠りこんだ。どんなに弟が兄を頼りにし力にしていたかがわかる。

一八五九年十月、ヴィルヘルムの長男ヘルマンがベッティーナの娘ギゼラと結婚した。その年の初め、長年親しく交わったベッティーナが死んで、グリム兄弟をいたく悲しませたが、両家の子どもの結婚はそれだけ兄弟を喜ばせた。しかし、それもつかの間、ヴィルヘルムはその年の十二月十六日、ヤーコプに呼吸を数えられながら息を引き取った。ヤーコプは「私の半分が死んだ」と嘆いた。

だが、ヤーコプには、弟が辞典のために書いたDの部を刊行するという大事な仕事が残っていた。辞典の第一巻は一八五四年に出たが、Dの部をふくむ第二巻が出たのは、ようやく、一八六〇年、ヴィルヘルムの死んだ翌年だった。

その年の七月、彼は学士院で「ヴィルヘルム・グリムをしのぶ講演」をした。長い生涯をともにし、苦楽を分け合った弟を回顧する、感動のこもった文章をなしており、ドイツ散文の粋として今日までいくどとなく印刷されている。

剛気なヤーコプはやがて弟といっしょになれる日を思い、ひるむことなく辞典のための努力を続けたが、Fの項の半ばでペンは永遠にとまった。その続きは、ヴァイガント教授が悲痛なことわり書きを入れて受けつぎ、辞典の命脈を絶たせなかった。

一八六三年九月二十日、不屈なヤーコプ・グリムもついに倒れた。最後に彼は弟の写真を手にとって、目に押しつけるようにしてから、ベッドに落とし、七十八年八ヵ月の生涯を閉じた。兄弟はいまも西ベルリンのマテーイ墓地に並んで眠っている。生きていたときいっしょだったように。

『グリムのドイツ語辞典』はあまりにも長い歳月を経て、あまりにも多くの学者によって書きつがれたので、さまざまの欠点が指摘されている。しかしそれがいまも復刻されている。そのうえ、新たに『グリムのドイツ語辞典』が作られつつある。それは何ゆえであろうか。

グリム童話集についても、さまざまな批評がある。類書はたくさん出ているにもかかわらず、グリムのが世界にたぐいまれなほど普及している。何ゆえであろうか。

兄弟愛に結ばれた美しい人格がその一因であることは否めないであろう。そして文学研究の先駆となった彼らの学問が、根源的なことばと、その産物を本質的に追究してやまなかったことに、彼らに対する変わらぬ評価の原因があるのではなかろうか。

3　アンデルセンの生涯

知られざるアンデルセン

短く愛すべき童話をたくさん書いたアンデルセンがたいへんな冒険家だったことは、あまり知られていない。彼は鉄道がほとんどなかったころヨーロッパ旅行を繰り返した。彼の足跡は、北はスウェーデンから、西はイギリス、ポルトガルに及び、南はシシリー、マルタ島に、東はイスタンブール、黒海に達している。一八三一年、二十六歳のときから、一八七三年、六十八歳まで、三十回にわたってヨーロッパ各地を旅行している。当時としては抜群の大旅行家であった。それはかなり大きな危険をともなう冒険でもあった。

ところが、半面、彼はかなり小心な臆病者であった。大きなことにかけては大胆で冒険的でありながら、小さなことにかけては気が小さく神経質であった。矛盾しているが、彼自身それを認めている。「ぼくはささいな事柄では勇者じゃないし、それを恥じてもいません。でも、重大なことになれば、勇気が出るんです」と、『ただのヴアイオリン弾き』の中の人物に言わせているのは、彼にそのままあてはまる。

彼は小犬をさえこわがり、犬を見ると道筋を変えたりした。広場恐怖症もあった。焼死したり、おぼれ死んだり、殺害されたりしないかと、ヒステリー症的不安にとりつかれた。旋毛虫に対する恐怖からハムを食べなかった。物を盗まれたり、悪事に引きこまれたり、旅券をなくしたりしはしないかと、たえず心配した。そういうことは普通の人にもあることだから、彼は人並みに小心だったのである。汽車に乗り遅れはしないかと、一時間以上も前から駅に行くのはまだしも、そんなに用心して汽車に乗りながら、汽車が動き出すと、反対の方向に行く汽車に乗ったのではないかと思いこんでしまったりした。

そのくせ、ナポリからヴェスヴィオ火山に登って、焼けた溶岩の上を歩いたりした。また、ナポリから百キロあまり南に、ペストゥムのギリシャ式神殿を見に行ったときは、盗賊が出没するというので、騎馬の憲兵が護衛に付き添ったくらいである。

そういう冒険をおかしても、新しいものを見たいという好奇心は抑えがたく強かったのである。それが創作の原動力になったわけであるが、それにしても、一八四一年に黒海からドナウ川をさかのぼってブダペスト、ヴィーンに行ったのは、危険きわまりない冒険であった。蒸気船が初めて大西洋を横断したのは一八一九年であったから、アンデルセンが初めてドイツで汽車に乗った一八四〇年に比べると、汽船のほうが発達が早かったわけであるが、ヴィーンから東欧をぬって黒海に行き帰りする汽船が、当時それほど進歩していたわけではあるまい。現に彼が行ったころ沈没した船のあることが、彼の紀行に記されている。

その他、アテネからコンスタンチノープル（一九三〇年以後イスタンブールと改称）へ行く直前、ドイツ人の容疑者とまちがえられて兵士につかまえられ、市庁舎に連行されたことがある。

コンスタンチノープルでは、ブルガリアで、トルコ人の収税吏の不正と過酷な仕打ちに怒ったキリスト教徒が決起したという話を聞いた。トルコの教会に暴徒がなだれこんで、婦女子を犯し、二千人以上の人を殺したとのことであった。

政治的な紛争の多いバルカンだし、治安は悪かったので、アンデルセンはギリシャに戻り、イタリアを経て帰国しようと考えたくらいだが、新奇なものを見たいという欲望が火のように燃えあがって、彼の血をわきたたせ、冒険をおかす決心をさせた。

ドナウ川の流域では熱病、悪疫がはびこっていたし、何百万という有毒蚊が船を襲うということであった。現にドナウ川の中ほどのオルソヴァでは検疫のため十日も監禁状態の停泊を余儀なくされた。

それらのことは紀行『一詩人のバザール（市場）』のなかに詳しく記されている。検疫のための十日間を除いて、ヴィーンまで二十一日もかかっている。今日、汽車で直行すれば二十時間くらいで行くところである。臆病なくせに、命知らずの冒険をあえてするところに、泥沼の植物と自称した彼のこわいもの知らずの気性がうかがわれる。

生い立ち

アンデルセンは自分の生涯は美しいメルヒェンだったと書いているが、幼少年時代についていえば、美しいというより泥沼の植物のメルヒェンだった。

それは夢幻的に美しい童話「マッチ売りの少女」（三九番）にもうかがわれる。少女はメリー・クリスマスのまぼろしを見ながら、新年の希望にそむいて、寒い大みそかの夜にこごえ死んでいく。この童話には現実の裏づけがあった。

アンデルセンのお母さんは、子どものころ両親から、物ごいしてきなさいと、往来にかり出され、一日じゅう橋の下で泣いていたという思い出を彼に語って聞かせた。その話にもとづいているのである。彼の母は、前に私生児を産んだというような暗い過去をアンデルセンに知らせないようにし、自分に比べれば、おまえはまだ幸せなのだという気持ちで、物ごいの話をしたのである。

母のみじめな労働のことをアンデルセンは自伝には書いていないが、童話集の七〇番「役にたたなかった女」に悲惨に書いている。それは美しい童話などというものではない。冷たい川の中で長時間働くせんたく女としてからだを悪くし、それをまぎらすためにアルコール中毒になった。アンデルセンが奨学金でイタリア旅行をしていた間に、母はそんなみじめな身の上で死んだのである。

母の産んだ私生児は、アンデルセンの異父姉になるわけだが、コペンハーゲンでいかがわしい商売をしていたらしい。アンデルセンは名を成しかけたころから、その暗い身分の姉が現れて、自分を傷つけやしないかと恐れていた。

彼はひょろ長く背が高く、グロテスクな容姿をしていた。それは彼の熱心な愛読者でさえ認めている。「外国から来たオランウータン」などとひどいことをいわれた。そういう劣等感が「みにくいあひるの子」(二七番)にも現れている。

みにくいあひるの子がみごとな白鳥となって輝いた。泥沼の植物がたぐいなく美しい花となって開いた。それはまさしくすばらしいメルヒェンである。魔法のランプのアラジンが現実となったといえる。アンデルセン自身が徒手空拳で最高の月桂冠を獲得したのだから、いくらほめたたえてもほめすぎるということはない。

アンデルセンを産んだとき、母親は三十八歳だったが、父親はまだ二十三歳の貧しいくつ屋だった。新婚夫婦というのに、その寝台は、死んで間もない伯爵の棺を支えていた台であった。アンデルセンは、死人をのせた台の上で生まれたのである。それから暗い幼少年時代を送ったが、彼はそれに滅入らず、明るく楽しく生きようとした。野草のような強さには心を打たれる。

ハンス・クリスチァン・アンデルセン（デンマークでは通称ホ・セ・アナセン）は一八〇五年四月二日、デンマークの中央部の町オーデンセに生まれ、一八七五年八月四日、首府コペンハーゲン郊外の友人の別荘で死んだ。生まれたのは、うさぎ小屋といわれそうな小さな家の棺台の上であったが、死んだときは、皇太子はじめ各国大使の列席する国葬であった。

ホ・セが通ったのは貧民学校であったが、尋常でないところがあったのだろう。予言する老婦人から「この子は野生の白鳥になる。世の中から抜きん出て、高く天に舞い上がるよ。いつの日かオーデンセの町じゅうが、あかあかと祝いの明かりを輝かせて、この子を迎える時が来るよ」と言われたそうである。あまりにうまく当たりすぎているが、その予言のことは、アンデルセンが二十七歳のころ書いた自伝に記されている。実際、オーデンセをはだしで歩いていた少年は、半世紀ほどの後、その町の名誉市民に選ばれて、イルミネーションに輝く全市から歓迎されたのである。

その少年は、自伝によると、「気が変なのだろう」、とよく言われたという。彼自身、祖父の精神障害がわが身に出はしないかと不安になったことを、日記に書いている。それも天才の一面かもしれない。父もメランコリックで空想癖があった。あるとき、「キリストは一個の人間にすぎない。聖書は神のことばじゃない。だいたい地獄なんてありっこない」と言って、ホ・セを驚かした。しかしホ・セは恵み深い神を信じ、幸福に導いてくれる神に終始感謝していた。「おれは無神論者だ」と口走った父とは大ちがいだった。

アンデルセンが通ったオーデンセの貧民学校

父は読書が好きで、『千一夜』の話をホ・セにしてくれた。また紙の切り抜きを作ったり、人形芝居をして見せたりした。これはホ・セによい刺激を与えた。彼は切り絵の名手になったし、まず芝居で名をあげようとしたのであるから。
父はうだつのあがらない生活をぬけ出

したいと考えたのか、フランス軍に入隊した。欧州を征服し続けていたナポレオンにあこがれていたし、デンマークはフランスと同盟を結んでいたからである。あっぱれ武勲を立ててと夢みたのだが、一八一三年ナポレオンが独露連合軍に敗れたので、ホ・セの父もむなしく除隊になった。失意とともに心身を病んで、父は一八一六年、三十三歳で死んでしまった。

母はホ・セを働かせようと考え、紡績工場やたばこ工場に入れたが、職工たちはホ・セの美声をおだてて歌を歌わせたり、みだらな歌を教えたりしたので、ホ・セはいやがってやめてしまい、芝居に興味をもつようになった。彼が十三歳のとき、コペンハーゲンの王立劇場一座がオーデンセで興行した。彼は広告のビラくばりをしたのをきっかけに、「シンデレラ」劇の子役に出してもらった。それから、芝居にとりつかれた。

母はやがて二十歳も年下のくつ職人と再婚した。継父はホ・セをかまってくれなかったし、母は彼を仕立て屋にしようとしたので、ホ・セはコペンハーゲンに行って、役者になろうと決心した。コペンハーゲンに行ってどうするのか、と母にきかれると、ホ・セは、有名になるんだ、と答えた。下積みの劣等感をはねのけて、有名になり、人を見くだしてやりたい、と彼はひたむきに考えた。

コペンハーゲンで

一流の舞踊家へのあてにならない紹介状のほかには、なんのあてもなく、十四歳のホ・セは馬車に乗った。母が御者にたのんで三ターレルで首府に運んでもらうようにしてやった。懐中の十ターレルだけでは、一週間の宿賃にもなるまい。運を天にまかせる彼一流の冒険の始まりだった。

今日なら急行列車で三時間たらずで行けるところを二日半かかり、一八一九年九月六日朝、フレデリクの丘に着いて、あこがれの首府を見おろし、ホ・セは歓声をあげた。

翌日さっそく舞踊家シャル夫人を訪ね、戸口にひざまずいて幸運を祈っていると、女中さんが物もらいだと思って、小ぜにをくれた。シャル夫人の前で、彼は舞台に出たい熱望を述べ、くつをぬいで、うろおぼえの「シンデレラ」を歌ったり踊ったりした。夫人は、これはてっきりおかしな子だと思って、追いかえしてしまった。

それから花の都で右往左往した。厚かましくもラーベック劇場監督のところに行ったが、おまえのようなやせっぽちが舞台に出たら物笑いだ、とすげなくはねつけられた。ホ・セは自殺するほかないなら、王立劇場の芝居を見て死のうと考え、安切符を

ヨナス・コリン

買って、「ポールとヴィルジニー」を見た。身につまされて彼が泣きじゃくると、隣席の人が、これは芝居だよと慰め、りんごなどをくれた。

思いなおして、テノール歌手シボーニ教授を訪ねた。それで運よく作曲家ワイセ教授から歌を教えてもらうことになったが、やがて声変わりのため、歌手になれないと言われ、子どものころから試みた詩を思い出し、創作で身を立てようと考えた。

さっそく「ヴィッセンベアの盗賊」という劇を書き、ウィリアム・シェークスピアとウォルター・スコットの名の間に自分の名を挟さんで、「ウィリアム・クリスチァン・ウォルター」という匿名で、王立劇場に提出した。が、「この劇は基本的教養の欠陥を暴露している」というもっともな理由で却下された。

厚かましい試みを繰り返しているうちに、王立劇場運営委員で王室顧問官のヨナス・コリンが彼の素質を認めて、給費生としてスラーエルセのラテン語学校に入れる

シモン・マイスリング校長

ように手配してくれた。これはたいへんな恩恵で、それからコリンは彼の第二の父になった。着の身着のままの浮浪児だったが、見どころのある若者と見られたのである。これが運の開ける端緒となった。弱気で泣き虫のくせに、異常な執念と屈託のない人のよさが、人びとに好意を抱かせたのである。

だが、十七歳のホ・セは他の生徒より四、五歳も上で、基礎的な知識を欠いており、ちぐはぐだった。おまけに校長のマイスリングが意地悪くホ・セをいじめたうえ、子守りまでさせた。ホ・セはすでに詩や劇を書いていたので、創作を続けたかったのだが、校長からとがめられるので、心のはけ口がなかった。

マイスリングは、ハムレットに縁のあるヘルシンゲア（エルシノア）に転任になると、ホ・セも連れて行ったが、校長の意地悪は耐えがたくなった。それに彼は「臨終の子」のようなすぐれた詩を作っており、それがHという名で新聞にのり、評判になったので、そのほうに打開の道を求めずにはいられなくなった。

彼の苦境は人を通してヨナス・コリンに伝わ

り、コペンハーゲンに呼びもどされることになった。彼がマイスリングに別れのあいさつをしにいくと、校長はとどめをさされたように憤り、「お前の書くものなんか反古として葬られ……お前は精神科病院にはいるだろう」と毒づいた。

十一年後、有名になったアンデルセンはコペンハーゲンの路上で、落ちぶれはてたマイスリングに出会った。昔の校長は彼にあやまり、「君は名誉を得、ぼくは恥を得た」と言ったそうである。しかしホ・セが生徒時代に受けた心の傷はあまりに深かった。五十年もの後、彼はなお恐ろしい校長の悪夢に悩まされた。

コペンハーゲンでは、コリン家のほかに、海軍大将ヴルフやその令嬢ヘンリエッテがあたたかくホ・セを受け入れてくれ、彼の詩の朗読をしてくれたりしたので、彼の心の支えになった。

学生作家

アンデルセンは一八二七年四月、二十二歳のときコペンハーゲンに移り、コリンの借りてくれた屋根裏べやで暮らした。狭苦しいへやではあったが、町のながめが、とくに月夜にはよかった。名作『絵のない絵本』はその印象によって後に書かれた。マイスリング校長から「地獄の旅に行っちまえ」とどなられたが、ホ・セは「教室のおびえた動物から、自由な独立の個人になれた」のを喜んだ。

そして、大学に入るため、神学生ミュレルから個人教授を受けた。快活で思いやりのあるミュレルはホ・セの心を明るくし、勉強を楽しくした。キリスト教についても啓発された。「赤いくつ」（三五番）、「あるお母さんの話」（四九番）などはその産物であろう。

上流の家庭の好意はホ・セの心を引き立てた。ヴルフ大将、コリン顧問官、エアステッド顧問官などがきまった日に昼食によんでくれた。詩人バッゲルや著名な作家ハイベアとも知り合った。ハイベアはホ・セの詩を有力な新聞にH・C・Aという記号名でのせてくれた。

二十三歳の秋、コペンハーゲン大学の入学試験に通った。文学部長で「北欧の詩王」と呼ばれていたエーレンシュレーガーはホ・セに握手してくれ、その後ずっとよい導き手になってくれた。

ホ・セは入学したが、学業より創作に身を入れた。入学直後、「詩の悪魔」がアンデルセンの名で初めて新聞にのった。続いて翌年、『ホルメン運河からアマーゲア島東端への徒歩旅行——一八二八年と二九年の』を自費出版で出したところ、好評で、すぐ売り切れ、書店から出版されるようになった。これはE・T・A・ホフマン流の未来の空想旅行記で、彼の奔放自在な文才の開花であった。同年「ニコライ塔の恋」という韻文ヴォードヴィルが王立劇場で三回上演され、大当たりをとった。七年前、王立劇場からいくども締め出されたアンデルセンは二十四歳で、同じ劇場に作者としてはなばなしく登場したのである。浮浪児の逆境で、いくどか自殺を思ったホ・セが、大学生の身で大劇場で脚光を浴びたのである。しかし、詩と散文と劇で名を知られたとはいえ、本格的な作品とはいえなかった。ホ・セは大学で勉強するようになり、作家で生きようと志向するようになり、一八二九年秋、学士候補資格取得試験に合格したのをもって、学業を離れた。そして別の学校への道を選んだ。その学校は旅行であった。

旅行人生

「旅が人生だ！　旅の生活は私にとって教養の最上の学校になった」と彼はいっている。「私は仕事場を持たなければならない。というのは、世界を歩きまわらなければならないということだ」というわけで、二十五歳から旅行が仕事場になった。旅するごとに人間として成長し、教養を高め、作品を産んでいった。

もちろん初めは国内旅行であった。それは『一八二九年夏の旅行断想・オーデンセとその周辺』にまとめられて、彼の豊富な紀行文学の第一作となった。その書き出しは馬車がオーデンセに入ったときの気持ちの表白である。

「懐かしい故郷の町オーデンセに馬車がガラガラと乗り入れた時、私は不思議にもの悲しくなった。いとしい思い出のかずかずがよみがえり、あやうく、子どものように大声に泣き出すところだった」

涙もろいセンチメンタリズムが紀行の随所にみられるが、それは彼の多感さの現われであり、観察の刻明な描写を妨げてはいない。

一八三〇年の五月初めから、八月末にかけ、彼は著作でかせいだ金でユトランド半島からオーデンセにかけてまた旅した。この旅でホ・セは初恋を体験した。それまで「二十五歳になるまで、恋愛したことはなかった。自分のことを考えるだけで頭がいっぱいで、他の人のことなど考える余裕はなかった」。

八月上旬、かつての級友クリスチャン・ヴォイクトをオーデンセのずっと南方のフオボアに訪ねたところ、長女のリボアがアンデルセンの本をはにかみながらほめた。彼はリボアに恋心をおぼえ、彼女に婚約者のあることを知った後も、あきらめかねてせつない愛情を訴えつづけた。彼の望みはかなえられるよしもないとわかっていながら、手紙に詩に、断ち切れぬ思いを表白した。それは、彼女が婚約者を愛しているの

リボア・ヴォイクト（アンデルセンの初恋の相手）

かどうか疑わしく、自分のほうをむしろ愛しているのではないかと思われたからである。

「あなたは私の唯一の思い、私のすべてです」といいながら、婚約者との幸福を祈るという矛盾の間を動揺しつづけた。リボアが所用でコペンハーゲンに来たときは、しげしげと会った。それは彼女の願いでもあった。だが、結局リボアは、さよならを告げる一葉の手紙を残して別れていった。

初恋が失恋に終わったことは、悲しく後まで尾を引いた。彼はリボアの別れの手紙を小さい革ぶくろに入れて、終生首にかけていたとのことである。その手紙は、彼の指示によって、彼の死んだときに焼き捨てられた。リボアのほうでも、アンデルセンが摘んでくれた花の小さい束を、彼からささげられた詩とともに、結婚後もたいせつに保存していた。それはいまもオーデンセのアンデルセン博物館に陳列されている。

彼は失った初恋を次のように自伝のなかで締めくくった。「私の思い違いであった。彼女は他の人を愛し、結婚した。幾年もたって私は初めて、それが私のためにも彼女のためにも最善であったと感じた」

彼は彼女ゆえの「恋」や「涙」の詩を『幻想とスケッチ』（一八三一年）という詩集に収めた。また「別れと出会い」というヴォードヴィルを書き、リボアへの恋に軽喜劇の形でハッピー・エンドを与えた。それが上演されたのは一八三六年のことである。

ずっと後に、一八四四年に書いた童話「好きな人」（二六番）では、リボアをまりに、自分をこまにたとえて、悲しく物思わせる話にしている。そこでは、まりのほうが不幸になっていて、現実とは異なっている。

彼はようやく作家として通用するようになったが、文章については、単語のつづりや文法上の誤りを指摘され、作品としても手いたい批評を受け、自分の文才に不安を抱いた。そうした沈滞と失恋の痛手から脱するため、ドイツに旅行することにした。それくらいの蓄えはできていた。一八三一年五月、船でリューベックに行き、ハンブルクを訪れた。せせこましいデンマークに比べ、すべてが目を驚かした。

もっとも強い印象を受けたのは、ドイツ中部のブロッケン山であった。それは千百四十二メートルでたいして高い山ではないが、山のないデンマークでは、いちばん高いところで百六十一メートルで、それが「天の山」と呼ばれているから、ブロッケン山の壮大さに驚いたのも無理はない。そこで彼は旅人の記念帳に、リボアをしのぶ四行詩を書きつけた。

ここに高く雲の上に立って、
なお心は告白する。
あの人のもとにあった時、
私は天に近くいる思いであった。

ドレースデンではロマン派の代表的作家ティークに歓迎され、ベルリンでは『影をなくしたペーター・シュレミールの不思議な話』の作者シャミッソーから評価され、アンデルセンは幸福感を味わった。影をなくした男の話は後に「影法師」(四五番)という深刻な大人のメルヒェンになった。シャミッソーはアンデルセンの詩を数編ドイツ語に訳して新聞に発表した。アンデルセンは自分の作品の最初の独訳者としてシャミッソーに深く感謝していた。

彼はこの旅行記を『影絵』という題で刊行した。ドイツを六週間旅行しただけで、二ヵ月で本にするとは、ばか者だと酷評するものもあったが、まもなくドイツ語訳が、さらに英訳が数種出た。彼はデンマークではとかく難くせをつけられ、外国ではど認められなかったので、彼のほうでも母国の狭量さに不満をもらすことがあった。

文壇の冷評や失恋の苦しみを慰めてくれたのは、コリン一家の末娘ルイーゼであった。「地上の茶色の目」のリボアに失恋したとき、彼はルイーゼに逐一話して慰めを求めた。彼は彼女より八つ年上であったが、兄妹のように親しかった。それでおのずとそれ以上の気持ちを抱くようになった。しかしルイーゼにはW・リンドという青年弁護士が約束されていたので、アンデルセンからルイーゼあての手紙は姉インゲボアを通すことにされ、その多くは焼かれてしまった。

それでも、告白癖のあるアンデルセンは、自分のすべてを知ってもらいたいという願いから『生活の書』を彼女に送りとどけた。自叙伝の最初のかたちで、珍重すべきものであるが、ルイーゼからはなんの反響もなく、一八三三年に彼女とリンドの婚約が発表された。コリン家からいくら親切にされても、結局は自分はのけものにされているのだ、と劣等感をもってあきらめるほかなかった。そしてコリン家との親交は終生続いたが、どの自伝にも、あれほど親しかったルイーゼのことは記されていない。心の痛手に触れるのはつらいことだったからであろう。そんなわけで、またルイーゼあての彼の手紙が焼かれてしまったので、彼のルイーゼへの愛がどんな程度のものであったかは明らかでない。

しかし、気づまりなコペンハーゲンを脱出したい、ルイーゼの結婚式の前に旅に出てしまいたいという気持ちのあったことは明らかである。幸いデンマーク国王から遊学資金が下賜されることになったので、一八三三年四月、二十八歳のアンデルセンは二年予定の外国旅行に出かけた。「外国で能力を増進させ、真の詩作を産みますように！　でなければ、異国で死にますように！」と神に祈った。

まずパリで見聞を広め、ヴィクトル・ユゴーやハイネに会うことができた。それから、フランスとスイスの境のいなかで、詩劇「アグネッテと人魚」を書き上げ、母国に送った。これは力を注いだ作品だったのに、コペンハーゲンで自費で出したところ、不評だったことをイタリアで知り、作者はいたく打撃を受けた。

ホ・セはシンプロン峠を越え、ミラノ、ピサを経て、花の都フィレンツェに滞在した。ここで見た「メディチのヴィーナス」は彫刻に対し彼の目を開かせた。十月半ば永遠の都ローマに着いた。ローマのことは『即興詩人』にあふれるばかりに多彩に描かれている。イタリアの自然と美術と民衆の生活は朝日のように彼の心をとらえ、美への開眼をうながし、空想をわきたたせた。

デンマークの偉大な彫刻家トルワルセンはもう久しくローマに滞在して、盛んな創造力を発揮していた。彼はアンデルセンより三十七歳も年長だったが、若い友を親しく迎えた。その交わりは両者がデンマークに帰ってからもずっと続いた。アンデルセンは童話「栄光のいばらの道」(七七番)、「子どものおしゃべり」(九四番)、「古い教会の鐘」(一〇三番) などにトルワルセンを登場させている。

だが、悲報が続いた。エドヴァー・コリン (ヨナス・コリンの息子) は力作「アグネッテと人魚」を評価しないうえ、作中に妹ルイーゼへの恋が誇張されているのを非難したので、アンデルセンは打ちのめされた。続いて、母が慈善病院でわびしく息を引きとったという知らせがとどいた。母はせんたく女の過労をまぎらすアルコール中毒症状に苦しんだのであった。ホ・セは母に十分尽くすことができなかったのを悔み、唯一の肉親を失ったのを悲しみながら、母が不断の苦しみから救われたことを思い、「神よ、わたしはあなたに感謝します！ というのが私の最初の叫びだった」と日記に書いた。

その日記の終わりに、「私は一介の即興詩人に過ぎない、と大先輩の作家ハイベアから言われた」と記している。それはけいべつをこめて言われたのだろうが、彼はまさしく天成の即興詩人であった。悲しみと冷評に耐えて、即興詩人として名を成した。『即興詩人』は彼の『詩と真実』である。一八三四年の初め、ローマでその第一章を書いたとき、自分自身をローマ人にして、小説を書いていることを伝え、「自分の体験したもの以外何一つ書かないつもりです」といっている。しかしそれは旅行記ではなく、青春の小説である。

ローマで書き始め、ナポリ、ミュンヒエン、ヴィーンなどで書きつぎ、コペンハーゲンで書きあげた。金に困っていたアンデルセンは、何はともあれ前払いをせがんで、一八三五年四月『即興詩人』を出版した。いろいろ気まずいこともあったが、コリン一家への献詞をのせて、感謝の意を表することを忘れなかった。重版されたのに、デンマークの批評家は沈黙していた。

ところが、その年のうちにドイツ語訳が出て、たいへんな評判になった。それによってロシア、英米、オランダ、フランスなどで翻訳が出て、十年余のうちに『即興詩人』は世界的になった。日本でも一八九二年に鷗外の訳が雑誌に載りはじめ、一九〇二(明治三十五)年に本になり、感激と賛嘆をもって広く愛読された。

『即興詩人』が出てから一ヵ月後、一八三五年五月、彼は『子どものために語られた童話』第一集を、十二月にその第二集を出した。初めはその評判は悪かった。『即興詩人』の作者がなんだって子どもだましの話なんか書くのか、と無理解な批評をあびせられた。彼の童話はとほうもない脱線で、高尚なモラルを欠き、子どものためにならない、というような型にはまった酷評だった。ところが、電磁気学を専門とする物理学者エアステッドが「『即興詩人』は君を有名にするだろうが、童話は君を不滅にするだろう」と先見の明のある評価をしてくれたので、アンデルセンは力づけられた。

実際、第一集の中の「小さいイーダちゃんの花」、第三集の「人魚ひめ」「皇帝の新しい服」において、アンデルセンは独特の童話の精華を発揮して、童話作家として揺ぎない地位を確立した。それから毎年のように童話を出しつづけ、大人にも愛読されていたし、作者自身、一般人のための童話と考えていたので、「子どものために語られた」が省かれて、単に『新しい童話』になった。童話については別の項で述べたので、旅行人生の続きについて記す。

『即興詩人』を書いたころのアンデルセン（1835年）

旅行が学校だという考えから、また失恋の痛手をまぎらわすため、旅が続いた。一八三七年と三九年と四〇年にスウェーデンへの旅を重ね、四〇年秋から四一年夏にかけ、ドイツ、イタリア、ドナウの大旅行を敢行した。それについてはこの章の初めに述べた。

一八四三年にはパリに再遊し、ハイネ、ユゴー、デューマ父、バルザックなど巨匠に会って、作家として認められる幸福感を味わった。ところが、コペンハーゲンで「アグネッテと人魚」が上演されて、口笛でやじられ、さんざんの不評にあったことを知り、強い不満を感じた。「私の作品はそんな目にあういわれはない！　二度とこの目が故国を見ることのないように！　故国は私の欠点を見るばかりで、神がどんなに大きなものを私に与えてくれたかを感じる心をもたない。デンマークからはいつも冷たい風が吹いてくる。それが私を石のように凍らせる」とうらみを表白している。それも彼を旅にかり立てた一因であろうか。

それからもたびたびドイツに行き、ディケンズに会うためイギリスにも行った。一八六七年には万国博覧会を見るため、春と秋とにパリに赴いた。知識欲の盛んだったことがうかがわれる。一八七三年にも六十八歳でドイツ、フランス、スイスに旅した。死ぬ二年前のことで、三十回目で旅行人生を結んだ。

初恋は旅で始まり、失恋で終わった。リボアの次に望みをかけたルイーゼ・コリンは、やはり婚約者のものになった。次のイェニー・リンドにはアンデルセンは燃える思いをよせた。スウェーデンのうぐいすとうたわれた二十歳のリンドが、一八四〇年、コペンハーゲンに来て、アンデルセンのホテルに泊り、知り合った。そのときはしかし、彼は間もなく一年余の大旅行にのぼった。

一八四三年、リンドはコペンハーゲンの王立劇場で歌い、盛んな拍手を受けた。このときは、リンドはアンデルセンの作品を読んでおり、好意を寄せてたびたび会った。彼女が帰国した日、彼は日記に「恋している」と書いた。三十八歳で、みにくいあひるの子はすでに輝く白鳥になっていた。まもなく書かれた「よなきうぐいす」（二五番）と「みにくいあひるの子」（二七番）と、この二つの名作はリンドにささげられた。一八四五年にまた彼女がコペンハーゲンで出演したと

イェニー・リンド

き、アンデルセンは彼女に毎日のように会い、幸福感と希望に満ちた気持ちになった。

しかしリンドはその折、晩さん会の席で彼を兄と呼んで乾杯した。それは、思いやりをこめて、彼の妻にはならないことをそれとなく言ったものと考えられる。彼はその時点であきらめるべきであったかもしれないが、それどころか、その年の晩秋からリンドがベルリンで出演すると聞いて、彼も十二月下旬ベルリンに行った。孤独な異郷で、彼は他の名士や貴族から好遇されながら、リンドからはにがい幻滅を味わされた。

アンデルセンはリンドといっしょにクリスマス前夜を過ごせると思いこんで、他の招待をことわって待っていた。しかし彼女からの招待は来なかった。彼はひとりホテルで星空を見上げ、これが自分のクリスマスツリーだ、とさびしく思った。そのやるせなさを翌日リンドにぶつけると、彼女は「あなたは王子や王女のところにいらっしゃるのだ、と思いました」と言った。こうして二人のすれちがいは明らかになった。

だが、彼女はヴァイマルで会いましょう、と約束したので、彼は喜び勇んで、ゲーテによってその名を歌われた芸苑に赴いた。それから翌一八四六年の二月初めまで、彼は一ヵ月ほど貴顕の士とかぐわしい日を送り、リンドともしばしば会った。しかし彼女は、お互いの友情は一生変わらないと言うだけで、旅立っていった。アンデルセンは空虚な心を抱いて、イタリアへさすらいの旅を続けた。その後もドイツ、スイス、イタリアへの旅を重ねた。

一八五三年に書かれた物語「やなぎの木の下で」（六七番）は、彼のやるせない思いを、ドイツ、イタリアに旅する若い職人の運命に託したように思われる。彼の父と同じ靴職人のクヌートは、いとしいヨハンネを失って、さすらいの身となったが、ミラノのオペラ座でヨハンネがはなばなしく歌うのを聞いた。彼女は聴衆の中のクヌートに気づくよしもなく、婚約者とともに劇場を出ていった。それはリンドさながらである。クヌートはミラノを去って、冬のさなかさすらいの旅に出て、やなぎの木の下で凍え死んだ。それはアンデルセン自身の影絵ではないだろうか。

だが、生きていたアンデルセンは一八四七年、ロンドンでまたリンドに会った。彼はリンドから切符をもらってオペラに行き、旧知のヴァイマル公やヴィクトリア女王などといっしょに観劇した。そのときは大小説家ディケンズから高い尊敬を受け、アンデルセンは幸福にひたった。しかしロンドンでリンドからもらった手紙には、「やさしいお兄さまへ、妹のようなガールフレンドから」とあった。結局リンドは、十五歳年上の大作家とではなく、九つ年下のピアニストと一八五二年に結婚した。アンデルセンのほうでも、あれほど執着しながら、「結婚しても幸福になれるかどうか、相手を幸福にすることができるかどうか」自信のもてない弱気があった。

もともと彼の恋した人は、婚約者があったり、身分や年齢がかけ離れていたりして、希望のない片思いだった。

物理学者エアステッドの次女ソフィーに思いを寄せたものの、富と年齢の違いが大きすぎた。スウェーデン旅行中、パルク伯爵の次女マティルドに慕情を寄せた。三十五歳の彼は「たっぷりお金がありさえすれば、この年になっても恋をするのだが」と書いている。お金や身分だけでなく、年も十七もかけ離れていた。運命は気をきかせて、二人の手紙を迷い子にした。そのうちマティルドは婚約したが、二十二歳で若死にした。このようにアンデルセンは配偶者を求め続けたが、その点では恵み深い神さまも、よいようには計らっては下さらなかった。

栄光と孤独の晩年

童話は彼の名声を高めていった。全集も一八四七年から、まずドイツで出はじめ、つづいてデンマークで出た。勲章は内外から贈られた。年金は増額され、枢密顧問官の称号も授けられた。アンデルセンがコペンハーゲンに着いた日の五十周年記念祭をはじめ、さまざまな顕彰が行なわれた。

わけても彼を感動させたのは、一八六七年にオーデンセの名誉市民に推挙されたことであった。極貧で貧民学校に通ったことを思い出すと、感慨無量であったろう。が、せっかくの晴れの祝典の日、当人は歯痛で頭をかかえていた。有名になりたい一心からオーデンセを去ったときの願いが完全に満たされたことを確認する日だったのに、からだじゅうの痛みに、まるで最後の審判の日でもあるように、震えわないていた、と彼は述懐している。

一八七〇年には最後の小説『幸せもののピーア』を出した。これは人生の美しいメルヒェンである。貧しいが音楽の天分に恵まれたピーア少年は、歌手として人気を博し、栄光の座にのぼったところで、歌劇「アラジン」の主人公として舞台上で万雷の拍手を浴び、花束の雨をそそがれている瞬間に、心臓発作で死ぬ。作者自身、神の恵みに感謝し、栄光のなかでピーアのように死にたいと願っていたのであろう。

童話も一八七三年まで書かれた。「のみと教授」（一五二番）が最後の作で、それは気球に乗って、いろいろな国に行く話である。老いても、未来のメルヒェンを描いていたわけである。

一八七五年四月二日、七十歳の誕生日は国をあげてのお祝いになり、外国からも無

老年のアンデルセン（1874年）

数の祝辞やプレゼントがとどいた。アンデルセンは幸福感のあまり、夜も眠れないほどであった。このときのいちばん意義ふかい企ては、「あるお母さんの話」（四九番）の十五ヵ国語の翻訳を一冊の豪華本にして出版したことであった。この時点（明治八年）にこれほど多くの翻訳が出ていたこと、国境を越えて多くの母親を慰めたことは、メルヒェンの作者にとって、このうえない喜びであったろう。

だが、生活を共にする道連れはなく、ホテルか下宿住まいで、住みつづけたわが家はなかった。老いて健康の衰えた彼は、栄光の極みのなかで人生の孤独をしみじみと感ぜずにはいられなかったろう。友人は多かったけれど、浮浪児のようなホ・セを拾いあげて一人前にしてくれたヨナス・コリンも、彼の童話をまず認めたエアステッドも、最初のローマ旅行以来親しくしていた彫刻家トルワルセンも、かなり前に死んでいた。ホ・セが逆境にあったころあたたかくめんどうみてくれたヴルフ海軍大将の死は、年からいってやむをえないことであったが、その長女ヘンリエッテがアメリカ行きの船の火災で不慮の死にあったのは、ホ・セと一つ違いにすぎなかっただけ、彼にとって傷心事であった。彼のラテン語学校時代から、彼女は隔てない相談相手になってくれたのであった。年をとれば孤独になるのは、やむをえないことである。

彼は貧しいころから親しい人の家で夕食をごちそうになっていた。曜日をきめて別な家庭の客になった。晩年になってもそうであった。月曜日にはコリン家の跡とりエドヴァーの家に、火曜日にはドレウセン家に、水曜日にはエアステッド未亡人のもとに、木曜日にはメルキオールの家にというふうに。――このメルキオールは富裕な卸商人で、一八六六年以来よくアンデルセンをコペンハーゲン郊外の別荘「オーリグヒード」（静寂荘）に招き、夫人とともに老作家をいたわった。

七十歳の誕生日のあと、健康状態が悪くなると、六月二十日彼は静寂荘に迎えられた。そこが彼の「第二の家」となったとされているが、「第一の家」はどこだったのだろう。オーデンセの幼少年時代の家なのか。コペンハーゲンに出てからは転々とし、作家になってからもホテルか下宿か、地方の貴族の荘園かが彼の仮の住居であった。

彼はまめに日記や手紙を書いたが、第二の家に移ってからは、それもできなくなり、メルキオール夫人かだれかが口述を筆記した。七月二十八日から一週間後に永眠するまでは、メルキオール夫人が容態を記録した。

晩年の日記にアンデルセンは、発狂するのではないかという不安をたびたび書いている。だが、臨終は平安だった。八月四日の日記にメルキオール夫人は「今、光は消えた！ なんという幸せな死！ 十一時五分、親愛な友は最後の息を引きとった」と記した。

国葬の礼をもって彼は天国へ送られた。神さまは、彼の期待したように、よいように計らって下さった。

4　学究者と作家――著作の比較

グリム兄弟の著作

アンデルセンの著作は、童話、詩、戯曲、小説、紀行文など、多種多彩で、一般の子どもとおとなを広く読者としている。それに引きかえ、グリム兄弟の著作は、童話集のほかは、すべて学術的な、それも古事や古い文献に関する研究にもとづくもので、専門家向きである。勤勉な兄弟は、とくに兄ヤーコプは、著作が非常に多いが、おおむねが一般人にとっては縁遠いものである。にもかかわらず、グリム兄弟の名が高いのは、童話集のゆえであるが、美しい兄弟愛に結ばれた高潔な人格のゆえでもある。

グリム兄弟は、二十代の前半に古い文学の研究を個別に発表し、ゲルマン文学研究の先駆となったが、三十歳になるころまで共作として数種の本を出した。その代表的なものが、『子どもと家庭のメルヒェン』と『ドイツ伝説集』である。童話集のほうは、開拓者的な学風の兄が主導したが、やがて詩人はだの弟が担当するようになっ

Kinder-
und
Haus-Märchen.
Gesammelt
durch
die Brüder Grimm.
Berlin,
in der Realschulbuchhandlung.
1812.

『子どもと家庭のメルヒェン』(「大きい版」1812年初版の扉)

た。緩慢な売れ行きだったが、兄弟の生前に七版に達した。小さい版『五十童話』は急速に版を重ね、グリム童話を普及させた。

世界的に童話の代名詞のようになり、民話研究の基礎となった「グリム童話」の初版は、読み物として書かれておらず、難解な注がついていたうえ、ナポレオンによってドイツが支配されていた戦乱の時代からその没落にかけて、激動の時期に出版されたためと、類書が前後していく種も出たためと、また無断のいわゆる海賊版が出たので、売れ行きに不利な状況が重なった。そこで初めは細ぼそと重版されていった。童話を全人類のものにしたグリム童話の展開のあとをたどると次表のようになる。全童話を「大きい版」とし、童話選を「小さい版」と呼ぶ。

○『子どもと家庭のメルヒェン、グリム兄弟によって集められた』(Kinder-und Hausmärchen, Gesammelt durch die Brüder Grimm) ——

・「大きい版」（ベルリン、ライマー書店）

初版　第一巻——一八一二年（八六話と注）、第二巻——一八一五年（七〇話と注）

再版　第一巻、第二巻——一八一九年（八六話、七五話、各巻に銅版画二枚入り）計一六一話（付、聖者物語、九話）、第三巻——一八二二年（注釈編）

三版　第一巻、第二巻——一八三七年（八六話、八二話）計一六八話（付、聖者物語、九話）

四版　第一巻、第二巻——一八四〇年（八六話、九一話）計一七七話（付、聖者物語、九話）

五版　第一巻、第二巻——一八四三年（八六話、一〇八話）計一九四話（付、聖者物語、九話）

六版　第一巻、第二巻——一八五〇年（八六話、一一四話）計二〇〇話（付、聖者物語、一〇話）、第三巻——一八五六年（注釈編、三版）

七版　第一巻、第二巻——一八五七年（八六話、一一四話）計二〇〇話（ただ

し、一五一番が二つある。付、聖者物語、一〇話）

八版　グリム兄弟の死後、「変更ない版」としてヘルマン・グリムが一八六四年に刊行（同右）

この「大きい版」は、ヴィルヘルム・グリムの生誕百年目の一八八六年に二十一版に達したが、一八二五年に初版を出した「小さい版」（すなわち五十童話）は、一八八七年に三十六版に達した。

・「小さい版」（五十童話）

七枚の銅版画入り（ベルリン、ライマー書店）。内容は次のとおり（かっこ内は「大きい版」の番号）。

1「かえるの王さま」（一番）、2「マリアの子ども」（三番）、3「こわがることを習いに……」（四番）、4「おおかみと七ひきの子やぎ」（五番）、5「忠実なヨハネス」（六番）、6「うまい取引き」（七番）、7「十二人の兄弟」（九番）、8「ならずもの」（一〇番）、9「兄さんと妹」（一一番）、10「森の中の三人の小びと」（一三番）、11「糸をつむぐ三人の女」（一四番）、12「ヘンゼルとグレーテル」（一五番）、13「漁夫とその妻」（一九番）、14「灰かぶり」（二一番）、15「ホレおばさん」（二四番）、16「七羽のからす」（二五番）、17「赤ずきん」（二六番）、18「ブレーメンの町の楽隊」（二七番）、19「かしこいエルゼ」（三四番）、20「親指小僧」（三七番）、21「親指小僧の旅かせぎ」（四五番）、22「フィッチャーの鳥」（四六番）、23「ねずの木の話」（四七番）、24「いばらひめ」（五〇番）、25「めっけ鳥」（五一番）、26「つぐみのひげの王さま」（五二番）、27「白雪ひめ」（五三番）、28「がたがたの竹馬小僧」（五五番）、29「犬とすずめ」（五八番）、30「フリーダーとカーターリースヒェン」（五九番）、31「千まい皮」（六五番）、32「ヨリンデとヨリンゲル」（六九番）、33「幸せのハンス」（八三番）、以上、第一巻から。

34「貧乏人とお金持ち」（八七番）、35「がちょう番の娘」（八九番）、36「かしこい百姓娘」（九四番）、37「物知り博士」（九八番）、38「みそさざいと、くま」（一〇二番）、39「忠実な動物たち」（これは大きい版の一〇四番だったが、モンゴルに由来する話なので、第七版〈一八五七年〉以降のぞかれ、「かしこい人たち」が一〇四番に入れられ、小さい版でも一八五八年以降「かしこい人たち」に代えられた)、40「やまかがしの話」(一〇五番)、41「かわいそうな粉屋の若者と小ねこ」(一〇六番)、42「いばらの中のユダヤ人」(一一〇番)、43「かしこいちびの仕立屋」(一一四番)、44「三人兄弟」(一二四番)、45「腕ききの四人兄弟」(一二九番)、46「一つ目、二つ目、三つ目」(一三〇番)、47「白い花よめと黒い花よめ」(一三五番)、48「ものぐさ三人兄弟」(一五一番)、49「めんどりの死」(八〇番)、50「星の銀貨」(一五三番)、以上、第二巻から。

グリム童話は「小さい版」によって広く読まれるようになったので、それに選ばれた話をあげてみた。グリム兄弟がどんなメルヒェンを子どもと家庭に勧めたかがうかがわれて、参考になる。また「大きい版」二巻のうち、「小さい版」の三分の二が第一巻から選ばれているのをみると、若い兄弟が初めに集めた第一巻の比重がどんなに大きいかが、明らかになる。

この「小さい版」に「ねずの木の話」(四七番)のような残酷な話が収められているのは、家庭の話としてふさわしくないと思われるが、民話としての語り口がすぐれているので、グリムはその見地からこれを入れたのであろう。「小さい版」も早くからレクラム文庫版に入っていたが、戦後の版からは「ねずの木の話」など数編がとりかえられている。「小さい版」はよく読まれて、破損したようで、その初版本はドイツの全図書館にも三部しか残っていないとのことである。その復刻版が愛書家ポケット版叢書として新しく出た（Grimms Märchen. Die kleine Ausgabe aus dem Jahr 1825. Die bibliophilen Taschenbücher. 357, 1982）。

「大きい版」が、七版に達するのに四十五年もかかっているのは、一般向きにおもしろくはない話もかなりあって、「がらくたの物置き」とか「廃物」とかいうような酷評さえ聞かれたように、民話の忠実な採取に一般の理解がもたれなかったからでもあるが、兄弟の生前すでに十九種も他から無断の翻刻が出版されており、「小さい版」にいたっては、三十種も違法翻刻がなされていたことにもよる。だから、実際はグリム童話はもっとずっと多く売れていたわけである。

○『ドイツ伝説集』（Deutsche Sagen, 第一巻一八一六年、第二巻一八一八年）――兄が伝説を学問的に記録したもので、読み物としては読まれず、兄弟の生前には再版にさえ達しなかった。しかし、フランスでは二種も翻訳されたように、その価値は認められていた。そして史的資料として作家からはしきりに利用された。

童話集と伝説集、この共作の本二冊が、グリム兄弟の数多い著作のなかで一般向きになりうるもので、その他は専門的である。ここではそのなかの主なものだけをあげておく。詳細は『グリム兄弟・童話と生涯』（一九八四年、小学館）に、原語入りで列記されている。

○兄弟の共著――

－『子どもと家庭のメルヒェン』
－『ドイツ伝説集』
－『哀れなハインリヒ、ハルトマン作』（一八一五年）
－『古いエッダの歌』（一八一五年）
－「古いドイツの森」第一巻―三巻（一八一三―一六年）
－『アイルランドの妖精童話』（一八二六年）
－『ドイツ語辞典』（この項の最後に記す）

○ヤーコプ・グリムの著作――

－『古いドイツの職匠歌について』（一八一一年）

—『ドイツ語文法』第一部—四部（一八一九—三七年）
—『ドイツ法律古事誌』（一八二八年）
—「ラインハルトぎつね」（一八三四年）
—『ドイツ神話学』（一八三五年）
—「彼の免職について」（一八三八年）
—『慣習法令集』第一部—四部、未完（一八四〇—六三年）
—『ドイツ語の歴史』（一八四八年）
—「所有のことば」（一八五〇年）
—「自伝」「ヴィルヘルム・グリムをしのぶ講演」等を収める『小論文集』八巻（一八六四—九〇年）

○ヴィルヘルム・グリムの著作——

ヤーコプは頑健で精力的だったが、ヴィルヘルムは病身のうえ、彫金師のように入念な仕事ぶりだったので、著作が兄よりはるかに少ない。

—『古いデンマークの英雄歌、物語詩とメルヒェン』（一八一一年）
—『ドイツのルーネ文字について』（一八二一年）

―『ルーネ文字の文学について』(一八二八年)
―『ドイツ英雄伝説』(一八二九年)
―『フライダンクの分別集』(一八三四年)
―『フライダンクについて、補足』(一八五五年)
その他、ドイツの中世文学の復刻が数種ある。
―「自伝」などを収めた『小論文集』四巻(一八八一―八七年)

『ドイツ語辞典』はゲッティンゲン大学を追放されたのを機会に着手された。初めは七巻くらいの予定であったが、ヤーコプの徹底性と自由奔放さのため膨らみ続け、一八三八年に出版社と契約したのに、第一回の分冊配本は一八五二年で、A―Bの途中までの第一巻が出たのが一八五四年である。ヴィルヘルムはDの部だけを書き終えたが、Bの途中からDまでの第二巻の刊行(一八六〇年)の前年に死んだ。ヤーコプは半身を失った打撃に屈せず、苦闘を続けたが、Frucht(果実)の途中まで書いて死んだ。兄弟ともに、辞典の結実を見ることなく倒れるという悲劇であった。

しかしドイツ語学界の精鋭が、対仏戦争、第一次、第二次大戦にめげず、難事業を引きついで、一九六一年にようやく完成した。それは「グリム兄弟によって」ではなく「ヤーコプ・グリムとヴィルヘルム・グリムによって」と厳粛にフルネームで記されている。一九八四年、グリム兄弟生誕二百年を記念して、『グリムのドイツ語辞典』全三十二巻（付、出典表一巻）の廉価版が刊行されたのは意義深いことである。グリム兄弟が書いた部分は三巻半にすぎないのに、一貫していまも『グリムのドイツ語辞典』として通っており、ドイツ語の最後のよりどころになっていることは、グリム兄弟の功績の大きさを物語っている。

アンデルセンの著作

アンデルセンといえば、童話を考えるが、童話より一あし先に『即興詩人』（一八三五年）が評判になった。同年にドイツ語訳が出て、好評を博し、それによって、スウェーデン、ロシア、イギリス、オランダなどで訳され、本国より外国で有名になった。日本でも鷗外訳が明治三十五（一九〇二）年に出て、広く愛読された。鷗外訳は原作以上だと評するものさえあった。鷗外の小説「青年」の第六節で主人公の純一は「鷗村《おうそん》の物では、アンデルセンの翻訳だけを見て、こんな詰らない作をよくも暇つぶしに訳したものだ」と評している。鷗外自身がそう書いているのである。たしかに原作は、作者自身書きながら涙を流したと言っているふうで、自己陶酔にひたっている感じがする。しかし、イタリアを背景に、哀歓に大きく揺れる青春のロマンとして、いまも多くの人の共感をそそるであろう。

それゆえ、一八三五年に、つづいて『子どものために語られた童話』を出版すると、『即興詩人』の作者がなんで子どもの話なんか書くのか、といわれたくらいである。しかし童話の第三小冊子（一八三七年）に「人魚ひめ」と「皇帝の新しい服」が発表されると、童話作家の名声は高まり、つづいて出た小説などをしのいで、童話で世界的になった。三十七年間にわたって断続的に書いた童話と物語は百五十六編に達し、作者みずからそれを自分の全財産と呼んでいる。

『絵のない絵本』（一八三九年）は一般向きの短編であるが、童話に数えてよいであろう。と同時に、童話にも、子ども向きとはいえないものがかなりある。「みにくいあひるの子」も子ども向きの話とはいえないとする人もある。アンデルセン自身、一八四三年から「子どものために語られた」という限定をはぶいて、『新しい童話』(Eventyr)とし、さらに一八五八年から七二年の作品は『童話と物語』(Eventyr og Historier)とした。Eventyr《エーベンチーア》はドイツ語でメルヒエンと訳されたので、童話ということばに定着したが、お話というほうがあたっているかもしれない。

後になるにつれ、物語的なものが多く、小説といってよいものもある。いずれにしても、作者みずから、童話といってても子どもだけのものではない、と言っている。事実、広くおとなからも読まれている。作者の生前、銅像をコペンハーゲンに建てることになったとき、子どもに話を聞かせているデザインであったので、アンデルセンは腹を立て、子どもをとり除かせた、と伝えられている。

アンデルセンのすぐれた伝記を著したブレースドーフは、アンデルセンの全童話からいちばんよく読まれている三十編をあげている。それは次のとおりである（かっこ内は童話の番号）。

「火打ちばこ」（一番）、「小クラウスと大クラウス」（二番）、「えんどう豆の上に寝たおひめさま」（三番）、「小さいイーダちゃんの花」（四番）、「親指ひめ」（五番）、「旅の道づれ」（七番）、「人魚ひめ」（八番）、「皇帝の新しい服」（九番）、「しっかりしたすずの兵隊さん」（一二番）、「野の白鳥」（一三番）、「楽園の庭」（一四番）、「空飛ぶトランク」（一五番）、「こうのとり」（一六番）、「眠りの精オーレおじさん」（二〇番）、「ぶた飼い王子」（二二番）、「そば」（二三番）、「よなきうぐいす」（二五番）、「好きな人」（二六番）、「みにくいあひるの子」（二七番）、「もみの木」（二八番）、「雪の女王」（二九番）、「かがり針」（三一番）、「妖精のおか」(三四番)、「赤いくつ」(三五番)、「ひつじ飼いのむすめと、えんとつそうじ屋さん」(三七番)、「マッチ売りの少女」(三九番)、「影法師」(四五番)、「古い家」(四六番)、「しあわせな一家」(四八番)、「カラー」(五〇番)。

これは英語圏で読まれているものについてであり、ほとんど初期の作であって、後期の物語はまったく入っていない。それで、あとのほうの話からいくらか補ってみよう。

「あるお母さんの話」(四九番)、「やなぎの木の下で」(六七番)、「一つのさやから出た五つのえんどう豆」(六八番)、「びんの首」(七九番)、「古い教会の鐘」(一〇三番)、「雪だるま」(一〇七番)、「氷ひめ」(一一〇番)、「プシケ」(一一二番)、「門番の息子」(一二七番)、「木の精」(一三六番)、「庭師と領主」(一五一番)、「からだの不自由な子」(一五五番)。

「からだの不自由な子」は作者みずから「自分の書いた、多分書くであろう最後の話の一つで、自分の考えでは最も成功した作品であり、メルヒェン文学の賛美として全童話集を結ぶにふさわしいであろう」といっている。筆者もそれに同感する。

作品の評価はまちまちで、好ききらいによって差異を生じる。それゆえ以上の選び方も主観的であるのをまぬがれないが、アンデルセン童話を代表する作を多角的にふくんでいるといえよう。

アンデルセンは童話を出しはじめた翌年、一八三六年に、戯曲「別れと出会い」と小説『O・T』を書いている。その後も、童話と並行して、戯曲と小説と紀行と詩を書いている。それらにも注意を払わなければならない。だが、それらは、童話と『即興詩人』と『絵のない絵本』との大きな普及のかげになっている。

小説についていえば、『即興詩人』があまりにはなばなしいので、他にも小説のあることはあまり知られなかった。しかし、アンデルセンは力を注いで創作したのである。

- 『O・T』（一八三六年）
- 『ただのヴァイオリン弾き』（一八三七年）
- 『二人の男爵夫人』（一八四八年）

『徒歩旅行』の表紙（1940年版）

―『生きるべきか死ぬべきか』（一八五七年）
―『幸せもののピーア』（一八七〇年）

これらはアンデルセンの生活体験や人生観を反映しており、波乱に富む小説なので、欧州ではおおむね翻訳された。日本ではしかし、従来ほとんど手がつけられず、昨今ようやく翻訳が出る運びになった。『アンデルセン小説・紀行文学全集』全十巻が、鈴木徹郎訳で東京書籍から刊行され、一九八七年六月に完結した。そのうちわけは、一「徒歩旅行・影絵」、二「即興詩人」、三「O・T」、四「ただのヴァイオリン弾き」、五「絵のない絵本・幸せもののピーア」、六「一詩人のバザール」、七「二人の男爵夫人」、八「スウェーデン紀行・ディケンズ訪問記・ポルトガル紀行」、九「生きるべきか死ぬべきか」、十「スペイン紀行」である。

処女作『徒歩旅行』（一八二九年）はアラベスク小説とでもすべきであろうが、題だけ見ると、紀行ととれる。時間空間を越えた空想の紀行文ともいえる。

事実、彼は小説家であるにおとらず、紀行文学者である。二十四歳で学士候補資格取得試験に合格した年、『一八二九年夏の旅行断想・オーデンセとその周辺』を手始めに、最初の外国旅行にドイツを訪れた紀行『影絵』を書いた。最初のイタリア旅行は小説『即興詩人』の舞台になったが、次のイタリア旅行は、ギリシャ、トルコにのび、黒海からドナウ川をさかのぼる大冒険となった。それが『一詩人のバザール』を産んだ。そのほか、第3章に記したように、欧州を東西南北にかけめぐった、その紀行文は、大事に大胆で小事に臆病なアンデルセンの面目をユーモラスに躍如たらしめるとともに、文化史的にも貴重な記録をなしている。

アンデルセンは、はじめ演劇で名をなしたいと思い、学生のころから戯曲をしきりに書き、上演を願って一喜一憂し、上演された場合もその人気不人気に有頂天になったり、落胆したりした。彼の戯曲はコペンハーゲン王立劇場で上演されたものだけでも、二十一編に及んでいる。五幕劇、軽い一幕物、歌劇、ヴォードヴィルと多種多彩である。ここにはその主なものだけをあげておく。

―「ヴィッセンベアの盗賊」（一八二二年）王立劇場に提出したが、却下された。作者は十七歳で、ラテン語学校生徒だったのだから、恐るべき大胆さである。

―「ニコライ塔の恋」（一八二九年）王立劇場で上演。

―「アグネッテと人魚」（一八三三年）王立劇場で上演。不評で作者は失望した。

―「別れと出会い」（一八三六年）王立劇場で上演、好評。

―「混血児」（一八四〇年）王立劇場で上演。大成功で二十一回も上演された。

―「ムーア人の娘」（一八四〇年）王立劇場で上演。

―「リーデン・キアステン」（一八四六年）王立劇場で初演。このオペラは大成功を収め、二十世紀半ばまで三百十回も上演された。


アンデルセンはオーデンセの貧民学校に通っていたころから、もう詩を作っていた。ラテン語学校生のころも詩をしきりに作ろうとしたが、パトロンのヨナス・コリンや意地悪な校長マイスリングから詩作をとめられた。それでも生徒時代の詩が十編ほど活字になった。とりわけ「臨終の子」はドイツ語に訳されて、一八二六年にドイツの新聞に載った。そのあとでデンマーク語でコペンハーゲンの新聞に載せられた。アンデルセンの詩才を証明するものであるが、マイスリング校長は、この詩をいかさま詩人の泣きごとだ、とののしったので、作者は悲嘆にくれた。この詩は幾通りにも作曲され、いまも愛唱されている。

二十五歳ころのアンデルセンの詩「においすみれ」と「楽師」とを、すでに文名の高かったシャミッソーがドイツ語に訳している。どちらも哀調に富むすぐれた叙情詩である。彼の詩はシューマンやグリーグによって作曲されている。

彼は一八三〇年に詩集を出しており、『幻想とスケッチ』（一八三一年）を経て、一八三三年には大きな詩全集を出した。その後も『詩、古きものと新しきもの』（一八四七年）、『知られたる、また忘れられし詩』（一八六七年）などの詩集を出している。

アンデルセンの詳細な作品リストはデンマーク語の書名つきで「アンデルセン研究」第二号、第三号（東京書籍、一九七三年、七四年）に載っている。

グリム兄弟の自伝

アンデルセンが、好んで自分の身の上を語った、一種の自己表白マニアであったのに対し、グリム兄弟は、実証的な学者らしく、自己を語ることにかけて、きわめてひかえめであった。

アンデルセンは、よく知られている『わが生涯の物語』を二度出しているほか、生前発表されなかった若いころの自伝『アンデルセンの生活の本』があり、たくさんの旅行記を出版している。それも自伝のたぐいである。

それに反し、グリム兄弟は自伝を四十代の半ばにそれぞれ一度書いただけである。ことに弟ヴィルヘルムは、美しいメルヒエンを書いた「柔らかいペン」の持ち主だったのに、それだけしか自分のことを語っていない。その点、アンデルセンと大ちがいである。


グリム兄弟は一八二九年三月、まだつつましい図書館勤めの地位にあったとき、マールブルク大学のユスティ教授から、『ヘッセン国の学者、文士、芸術家の歴史の基礎』という堅い本に、自伝を寄稿するよう頼まれた。グリム兄弟はヘッセン国の首都、カッセル図書館の薄給な司書と書記で、四十歳半ばに達していなかったが、すでに著作により高い評価を受けていたことがわかる。

ヤーコプ・グリムはためらいがちに執筆する旨の返事をしたが、なかなか執筆するにはいたらなかった。兄弟の身の上に大きな異変があったからである。それは第2章で述べたように、その少し前に図書館長のフェルケルが死に、司書のヤーコプ・グリムは館長に、弟ヴィルヘルムは司書に当然昇進するものと思われていたのに、図書館について全然知識のない役人が後任館長になったので、兄弟は失望した。兄弟が内外の学会から高い評価を受けていたのに、国王にあたる選帝公は、司書など無用の存在だとみなし、他の役人に与える増給をグリム兄弟には与えなかったので、兄弟は将来の見込みを失った。そこへ、かねてからグリム兄弟を招こうとしていたゲッティンゲン大学が高給をもって迎えることをきめたので、兄弟は一八二九年の末、そちらへ移ることになった。

そうした事件のためヤーコプの寄稿は一年以上も遅れ、ユスティの催促に対する弁解とともに、ようやく送られた。三十ページほどの原稿にそんなにかかったのは、ヤーコプは自分のことを語るのに気乗り薄だったからでもある。自伝をユスティに送ったときも、ヤーコプは原稿に添えた手紙に「自分の生活状況はきわめて平凡で、せいぜい自分自身にだけ思い出して興味のあるようなことがらに触れているかもしれません」と書いてある。その原稿は、ヤーコプがゲッティンゲン大学教授になってから書いたものである。自伝は次のように書き起こされている。

私の祖先と近親の名はシュトリーダーの本の第五巻の一一七—一二四ページと第十五巻の三四〇—三四一ページとに記されている。私は両親の次男（長男は生まれて間もなく死んだ。ヤーコプは実質上の長男である）としてハーナウに一七八五年一月四日に生まれた。父は、私が六歳のころ、街道筋のシュタイナウの伯爵領管理官兼司法官に任命された。そこは父の生地で、美しい山に囲まれた牧草地に富んだこの地方に、私の幼年時代の記憶は最も生き生きと宿っている。だが、父はあまりにも早く一七九六年一月十日に死んだ。

このように記録的に淡々と記されている。郷国の人名辞典のたぐいに書かれた文献であって、アンデルセンの自伝のような文学的な読み物ではない。それにそれを載せた本は一八三一年に刊行されたので、ヤーコプ・グリムの四十四歳までにしか及んでいないので、あとの三十四年間が記されていないから、自伝とはいえない。訳出する意味はない。

弟ヴィルヘルムは、リューマチスに悩まされたため、兄より二ヵ月ほど遅れて自伝を送った。それは次のように書き起こされている。

私はハーナウに、一七八六年二月二十四日に生まれた。両親がこの町を去ったとき、私はやっと五歳だったが、その時代の記憶はまだ残っている。私たちの住んでいたその家のそばを、私は三十年後とおり過ぎた。開いていた戸に心を引かれて、私は玄関に入った。内部の様子を私はよくおぼえていた。隣接している庭の垣根ごしにまだ桃の木が見えた。その赤い花は幼児の私を喜ばせてくれたのであった。

このようにヴィルヘルムのほうは、兄よりずっと文学的に表現されている。弟が主としてメルヒェンを担当したのは自然であったことがわかる。だが、その自伝もいわば前半生を記しているにすぎない。

これに反し、アンデルセンの自伝、いわゆる『わが生涯の物語』は、書き出しからまったく主観的に文学的である。

私の生涯はいとも豊かで幸福な美しいメルヒェンである。私が貧しい孤独な少年として世間に出たとき、有力な妖精が現れて、「おまえの進む道と目標を選びなさい。そうしたら、おまえの心の成長につれて、この世の道理にかなって行くように、私はおまえを守り導いてあげる！」と言ったとしても、私の運命は、実際以上に幸福に賢明に良く導かれることはできなかっただろう。私の生涯の物語は世間に向かって、世間が私に向かって言うことを言うことになるだろう。つまり、何ごともいちばんよいように導いて下さる慈愛に満ちた神さまがいらっしゃる、と。

これを読むと、アンデルセンは運命の寵児と自認しているようにとれる。二十七歳のころ書いた未完の自伝でも「目に見えない愛の御手が私を導いていることを、私はしみじみと感じる」と書いている。そのように自分の生涯を美化している個所が多い。彼はドイツ版の全集のために自伝を書いたとき、それを「フィクションのないわが生涯の物語」（一八四七年）と題したが、その一年前にデンマーク王にあてた手紙のなかで「貧苦のなかの子ども時代を、一場の悪夢のように思い出すことがあります」と書いているし、彼自身、友人たちに「自分の子ども時代は泥沼に埋もれていた」と語っている。悪夢のような日々や、泥沼に埋もれた日々を、いちばんよいように神さまが導いて下さった日々とはいえないであろう。

彼は四十代で名を成したから、何ごともよかったといったのであろうが、実際は日記や手紙を見ると、健康状態の悪いことや、自作の戯曲の評判のよくないことへの嘆きや、自分を評価しないデンマークへののろいなど、愚痴や弱音がいたるところに表白されている。恵み深い神さまに導かれているようではない。四度もの結婚希望がかなえられなかったことを見れば、なおさらである。彼の一生のもっともはなばなしい日、すなわちオーデンセの名誉市民に選ばれた日に、盛大なお祭りだというのに、彼は胸と歯の痛みに苦しんで、自分を「ちりの中のへびにすぎない」と感じさえした。決してめぐり合わせがよかったとはいえない。

しかし、終わりよければすべてよし、という点では、神さまがいちばんよく導いて下さったといえようが、その過程においては、自分を不幸と感じたことも少なくなかったのである。

グリム兄弟の自伝に話を戻そう。ユスティ教授編の『ヘッセン国の学者、文士、芸術家の歴史の基礎』(一八三一年)にヤーコプとヴィルヘルムが別々に自伝を書いていることはすでに述べた。これはそれぞれの小論文集第一巻の巻頭に収められている。

それ以前にもヤーコプは一八一四年、フランスへの従軍中に、「私の生活からの回想」を書いている。これは肉親にあてた私記である。

「彼の免職について」(一八三八年)。ゲッティンゲン七教授追放事件に関するヤーコプの声明書。大きな反響を呼んだ。

「イタリアとスカンディナヴィアの印象」(一八四四年)。ヤーコプが学士院でした講演。旅行記。小論文集のなかに、右の二つの次に収められている。

「略伝」(一八五一年)。学術雑誌に発表されたヤーコプの履歴書のようなもの。

「ヴィルヘルム・グリムをしのぶ講演」(一八六〇年)。一八五九年に死んだ弟をしのんでヤーコプが学士院でした講演。短いけれど、兄弟の全生涯の大部分にわたっている。弟への真情がこもっていて感動的。ヤーコプはその三年後に死んだ。この講演も小論文集に収められている。それにはヴィルヘルムの長男ヘルマン・グリムの、やはり感動的なあとがきが付されている。

兄ヤーコプにくらべ、弟のヴィルヘルムは右記の自伝の他に、二十五歳のころ病気のため死ぬかと思い、兄への別れの一文を書いているだけである。

兄弟が自伝的に書いたものは以上、全部合わせても、百八十ページほどの本になるにすぎないであろう。アンデルセンより、弟は三年、兄は八年長く生きたのに、自分について語ることの少なかったことがわかる。

アンデルセンの自伝

『アンデルセン自伝』は、アンデルセンによって、たぶん一八三二年に書かれたので、一八三一年、彼の二十六歳までしか及んでいない。そのとき発表されなかった未完の原稿である。荒けずりで、誤りも少なくないが、後の自伝にくらべ、ずっと率直で、ありのままを書いている。後の『わが生涯の物語』に作為の多いことはアンデルセン自身繰り返し述懐している。

最初の自伝の原稿は長い間うずもれていて、ようやく一九二六年にコペンハーゲンで刊行され、珍重されている。日本では、鈴木徹郎訳で一九七二年に潮出版社から出されている。

「フィクションのないわが生涯の物語」。アンデルセンの著作全集がドイツのライプチヒから刊行されはじめるにあたり、アンデルセンは刊行者ロルクに請われて、一八四五年から翌年にかけ、イタリア旅行中に自伝を書いた。右記の「自伝」を手もとに持たなかったので、コペンハーゲンで彼のため何かと配慮してくれていたエドヴァー・コリンに不備な点を訂正してもらい、ドイツ語に訳させるようにたのんだ。それは一八四七年に出版されたので、記述は一八四六年、四十一歳のときまでである。それが同年にドイツ版から英訳され、アメリカでも刊行された。

一八五五年にデンマーク語の最初の全集のために、アンデルセンは充実した自伝を出した。彼の五十歳の誕生日の三ヵ月ほど後である。記述は一八五五年に及んでいる。これは前のものの延長であるだけでなく、全面的に書き変えられた大作で、アンデルセンが自伝作家として高く評価されるのは、この版のためである。

自己を語ってやまぬアンデルセンは、一八七二年に自伝の英語版が出たとき、一八六七年までの記述を加えた。これは一八七七年にデンマーク語で『わが生涯の物語、続編』として出た。しかし、一八五五年以後の記述は年代記的で、外面的な報告にとどまり、精彩が乏しい。オーデンセの名誉市民に選ばれた輝かしい祭典の部分などは、新聞の切り抜きによっているというふうである。本来の彼の自伝は一八五五年で終わっているといえる。

なお、『わが生涯の物語』大畑末吉訳（岩波文庫）は、一八四六年七月までの記述である。

アンデルセンは紀行文もたくさん書いている。それは自伝の一種とみなされる。『一八二九年夏の旅行断想・オーデンセとその周辺』（一八二九年）。夏休みにシェラン島と故郷のフューン島に旅したときの紀行。

『影絵』（一八三一年）。アンデルセンの自伝に『ハルツ及びザクセン・スイスへの旅の影絵』という題で出版した、とあるように、その年ハンブルクからハルツのブロッケン山に登り、ザクセンの都ドレースデンでロマン派の代表的作家ティークに会い、エルベ川をさかのぼり、ザクセン・スイスと称される景勝の地に遊んだ。ベルリンでは『影をなくしたペーター・シュレミールの不思議な話』の作者シャミッソーを訪ねた。彼はアンデルセンの詩を訳してドイツに紹介した最初の人である。最初の外国旅行の紀行であるだけでなく、収穫も大きく、これは重要な意味をもつ。

『一詩人のバザール』（一八四二年）。アンデルセンは一八四〇年から翌年にかけ、ドイツからイタリアを経て、海路ギリシャ、トルコに渡り、黒海からドナウ川を舟でさかのぼり、ヴィーンに赴くという、大旅行をした。その記録としてたぐいまれな紀行である。

『スウェーデン紀行』（一八五一年）。隣国で受けた盛んな歓迎にこたえて書かれたものので、洗練されている点で彼の紀行文のなかの傑作とされる。

『スペイン紀行』（一八六三年）。まだ鉄道はわずかしか通じていなかったときに、スペインをバルセロナから南下してヴァレンシア、グラナダを経て、アフリカにまで渡り、北上してマドリード、トレドを訪れている。

『ポルトガル紀行』（一八六六年）。当時はデンマーク人でポルトガルを訪れるものはまれであった。顔の広かったアンデルセンは、親交のあったポルトガル人に招かれて、欧州の西南端まで足をのばした。彼の好奇心と旅行癖を思わせる。

『ディケンズ訪問記』（一八六八年）。アンデルセンは一八四七年にイギリスにディケンズを訪問し、親交を結んだ。そして一八五七年に再訪して、文豪の家の客となった。その訪問記である。ドイツではそれがすでに一八六〇年に独訳されて出た。一八七一年にはニューヨークで出版された。

5　生の軌跡——愛と孤独

人間として

グリム兄弟は、子どものころから、厳格なカルヴァンの改革派新教のもとで育てられた。もっとも、ヤーコプ・グリムの自伝の初めのほうに、「あまりやかましく言われることはなく、行動と実例によって」と記されている。

フランス人カルヴァンの新教は、当然フランスで盛んになったが、カトリックの多いフランスでは迫害され、その新教徒は中部ドイツに逃《の》がれてきた。いわゆるユグノーである。グリム兄弟に多くのメルヒェンを語って聞かせたハッセンプフルーク家の令嬢たちも、メルヒェンのおばさんとして有名になったフィーメンニンも、ユグノーであった。ユグノーのなかには、グリム兄弟の郷国ヘッセン地方に亡命してきて定住したものが多かった。その影響でヘッセン地方は十七世紀から改革派新教になっていた。

カルヴァン派は、新教のなかでもとくに聖書を重視し、神のことばを中心とし、礼拝の儀式に重きをおかなかった。グリム兄弟はその生き方に終生従った。神に畏敬の念をもったが、アンデルセンのように神をたのみにして、ことごとに神を口にするというふうではなかった。グリム兄弟は、メルヒェンも神話にさかのぼると考えたし、ヤーコプは大きな『ドイツ神話学』を書いており、そのほうの学問的先駆者になった。

兄弟は安易に神をかつぐことなく、父親が蔵書票にラテン語で「正しく生きればまちがいない」という句を記していたのを、生涯のモットーとした。ヤーコプはかなりがんこで、行きすぎたこともあるが、兄弟とも誠実に正しく生きた市民であった。しかし、ヤーコプは三十五歳のとき、弟妹のため、万年暦を作り、めいめい好きなことを書きこむがよい、と記しているが、また、どの日付けにどんな記しをつけるかは神さま次第である、と書いているのをみれば、神を忘れなかったことは確かである。

この点、ことごとに神さまの恵みによって運が開けた、と繰り返し自伝や手紙に記し、神に甘えていた観のあるアンデルセンと非常に異なっている。

アンデルセンは「この世には何ごともいちばんよいように導いて下さる慈愛に満ちた神さまがいらっしゃる」と自伝の初めに書き、死ぬ前年に書いた童話の自注の終わりに「自分が何かよいことをしたとすれば、神にのみ栄光あれ」と書いている。

実際は、彼の生涯は、食うや食わずの浮浪児の生活から始まり、逆境、失望、焦燥、幻滅の連続であった。それを切り抜けた才能と生活力には驚嘆のほかはない。しかし、みじめであればあるほど、自分の生活をメルヒェンのように美化せずにはいられなかった。それは神さまの恵みなくしては考えられなかったから、神さまに甘え、すがる気持ちになり、それを手放しに表白した。

「泥沼の植物」と自称した彼が、どん底から身を起こして、多くの人の好意を受け、最高の栄光に輝いたのは、天分の詩才とともに、人から愛される人柄によるところが大きかった。すぐれた人々の恵みを受けることができたのも、神さまの恵みと彼は受けとめたのであろう。そこに彼の謙虚な人柄がうかがわれる。

正しく自主的に強く生き通したグリム兄弟に比べれば、アンデルセンは、善意の人や恵み深い神にたよらずにはいられない弱い人であった。しかし神さまがついていて下さるという気持ちが彼を強くしたことを見のがすわけにいかない。極貧で、頼るもののない彼としては、救いの手をさしのべてくれる神さまを思って、みずからを励まそうと努めたのである。

グリム兄弟とアンデルセンとの大きなちがいは、前者は学問を愛し、研究に傾倒した結果、その業績によって有名になった。アンデルセンは少年のころから終生、有名になることと、名声を保つことに異常な執念をもちつづけた。十四歳の彼は、コペンハーゲンに行きたいと母に切望したとき、都に行ってどうするのかと聞かれると、有名になりたい、と答えた。下積みの社会に育った彼は、なんとしても自分の存在を認めさせたいと、ひたすらに思いつめ、有名になってからは、賛辞に幸福感を味わい、非難に神経をすりへらすほど敏感であった。虚栄心が強かったにちがいないが、天涯孤独の彼としては、高い評価を享受することだけが、自己の存在を確認させたであろう。

グリム兄弟は十余年、カッセルの図書館で地味な司書、書記として薄給の勤めに甘んじた。勤務がらくで、自分の研究の時間がたっぷり得られることと、兄弟いっしょにいられることを何よりの喜びとした。そして『子どもと家庭のメルヒェン』『ドイツ伝説集』などの共著のほか、古い文学や語学や歴史の専門的研究で早くから内外で認められ、四十歳代の前半で、すでにドイツおよびイギリス、オランダ等の学会やアカデミーの会員に選ばれている。その数は十ぐらいに及んでいる。名声を求めたわけではないが、業績によって期せずして高い声価を受けたのである。

したがって、精力的で著作の多かったヤーコプはその間、ボンやベルリンやゲッテインゲン大学から教授になるように招きを受けた。しかしヤーコプは、大学時代すでに、弟といっしょに一生離れずに暮らそうと誓い合ったので、病身の弟への愛着から、名誉ある招きを辞退した。弟は著作が少なかったが、それでもゲッティンゲン大学から兄といっしょに呼びかけられたことがあった。初めのときはそれをことわった。地位と名誉を望むならば、それに応じたほうが有利であったが、彼らは名よりも研究の実をとったのである。

グリム兄弟を世間的に有名にしたのは、メルヒェン集であるが、それとて初版は伝承的民話の学問的収集であって、専門的な注が一つ一つの話についていたように、一般的な読み物ではない。子どもの本にすることはまったく考えていなかった。それはヴィルヘルム・グリムの息子ヘルマン・グリムによっても証言されている。アンデルセンは世間の評判になるような本を出すことに熱意を注いだが、グリム兄弟はそうではなかった。周囲からの要望もあって、詩人はだのヴィルヘルム・グリムが子どもと家庭のメルヒェンにふさわしい文体を与えるようにして、一般に親しまれるようになった。

それでも、兄弟のメルヒェンの本は、同時に出た同名のグリム（アルベルト・ルートヴィヒ・グリム）の童話の本より多く売れたわけではなく、兄弟のメルヒェンより、二、三十年遅れて出た通俗的なベヒシュタインの童話集より当時は売れ行きの点では劣っていたくらいである。

ヴィルヘルムはメルヒエン集を主として担当し、深い愛着をもって半世紀ほども増訂を続けていた。そして五十童話選集には、弟の画家ルートヴィヒの銅版画を入れて、親しみやすくした。しかしことさらに売れ行きを高めることに努めたわけではなかった。にもかかわらず、今日ではもひとりのグリムの童話本はまったく忘れられ、ベヒシュタインのそれもグリムのとはまったく比較にならなくなった。名声を求めなかったけれど、グリム童話は世界の童話となった。

アンデルセンは自分の本の評価や売れ行きについて一喜一憂した。作家は多かれ少なかれそうであろうが、アンデルセンにおいてはとくにはなはだしく、その一喜一憂をあらわに表面にあらわした。詩人ハイネは三十八歳のアンデルセンに会って、「びくびくした卑屈な態度」の仕立て屋のような男だといっている。その点で、じっくり研究の成果を発表していったグリム兄弟といちじるしく異なっている。

それも無理はない。第2章で述べたように、グリム兄弟はアンデルセンと同じく早く父を失って貧しくはあったが、女官長をしていた独身の伯母の好意で、正規の高校で学び、抜群の成績のため、飛び級のかたちで大学に進んだ。ヤーコプは卒業間際に恩師ザヴィニーに招かれてパリに赴き、研究の手伝いをしたため、卒業はしなかったが、後に同じマールブルク大学から格の高い名誉博士の称号を送られた。ヴィルヘルムは大学を卒業したうえ、兄とともに名誉博士になった。その学歴は正規で充実していた。

これに反し、アンデルセンの学歴は変則であった。幼いころ貧民学校などに通ったが、永続きしなかった。有名になるため、コペンハーゲンに出たが、俳優になろうとしたり、歌手になろうとしたりして、うろうろし、作家になろうとして思うにまかせず、十七歳で、ひとより遅れてラテン語学校に入った。しかし、校長マイスリングにいじめられたため、学校を逃げ出して、コペンハーゲンで個人教授で補習を受け、大学に入学することができた。が、卒業するにはいたらず、文筆に打ちこむようになった。そして余儀なく独身で終わった孤独から、旅行に旅行をかさねた。「旅行が学校であった」とアンデルセンは述懐している。

こういうふうで、あくまで書斎の人であったグリム兄弟とは学識の点で大きなちがいがあったが、アンデルセンも童話からもうかがわれるように、なかなか博識であった。とくに自然観察には非凡であった。彼の素質と心がけによるのであって、作家としての下地は十分にあった。

アンデルセンは独身で終わったので、同性愛だったという説が昔から今日まで浮き沈みしている。巌谷《いわや》小波《さざなみ》が、ベルリンから帰国した後に行なった講演のなかで、アンデルセンの作品は好きであるが、同性愛の傾向があったことを伝記で知り、あいそがつきた、と言っている。そういう傾向があったという確実な証拠はないが、その疑惑は絶えない。

グリム兄弟はまれにみる美しい永続的な兄弟愛に結ばれていた。幼少の時は一つのベッドに寝起きし、同じ机で勉強し、成人してからも、旅行のときなどを除いては、終生同じ屋根の下で暮らした。ヤーコプが初めてパリに旅立ったとき、十九歳のヴィルヘルムが、恋人にあてるような手紙を書いたことはすでに述べた。ヤーコプもそれに答えて、決して離れて暮らすことはするまい、と愛情こめて答えている。

しかし二人が同性愛だったというような臆説はまったくみられない。ヴィルヘルムは三十九歳という晩婚であったが、それはいくどか死にそうになったほど病身だったためで、健康上のつごうであった。相手はずっと前からきまっていた。彼にいくつものメルヒェンを聞かせたドルトヒェン・ヴィルトであった。彼の母もドルトヒェンを自分の娘のようにかわいがっていた。自分の息子の妻になることを予想していたようであった。結局、メルヒェンに深くたずさわったヴィルヘルムと、メルヒェンの精のようなドルトヒェンが結ばれたのは自然であった。

ヤーコプは独身を通したが、早く父母を失って、少年のころから五人の弟妹に対し父親代わりをつとめたので、妹をかたづけ、からだの弱い弟が結婚するまでは、自分の結婚を考える余裕がなかった。しかし彼も結婚を考えなかったわけではなく、遠縁の女性にその意向を伝えたことがあった。あいにく彼女は女官の身分を離れることができなかった。ヤーコプは独身であったけれど、弟夫婦が所帯いっさいのめんどうをみ、その子どもたちからアパパと呼ばれて、父親同様に慕われたので、物心両面で不自由はなかった。グリム兄弟の生活は、愛の点でもさわやかであった。

ヘルマンを膝に抱いているヤーコプ（1829年）

それにひきかえ、アンデルセンはいくども女性に思いを寄せ、結婚を切望しながら、ついにかなえられず、心ならずも独身に終わらざるをえなかった。二十五歳のとき、リボア・ヴォイクトを愛したが、彼女はすでに婚約者があった。彼は初恋から廻り合わせがわるかった。それでも彼は、リボアの別れの手紙を入れた革ぶくろを終生くびにかけて持っていた。

二十七歳のとき、彼は大恩人の次女ルイーゼ・コリンを愛したが、たとえどんなに親しかったとしても、生まれのあまりに低い彼を、枢密顧問官という称号を持つ人の誇り高い令嬢が結婚相手に考えるはずがなかった。彼は、ナポリで娼婦の宿に誘うぽんびきを振りきったとき、ルイーゼのことを考え、「結婚しているものは幸せだ」と日記に書いた。

三十八歳のとき、スウェーデンのうぐいすとたたえられた歌ひめイェニー・リンドを恋し、結婚を切望したが、舞台のこの名花は、文名は高くとも、外国から来たオランウータンとあざけられた異様な容姿のアンデルセンを兄と呼ぶ以上には近よらなかった。それでも彼は、十五歳も年下の彼女に執念を燃やし、せつない幻滅を味わった。

彼はまた、大先輩で卓抜な物理学者エアステッドの次女ソフィーにひそかに心を寄せたが、彼女は十六歳も年下だったし、富の違いも大きくて、問題にならなかった。

スウェーデン旅行中に、パルク伯爵の次女で十七歳のマティルドに希望を抱いたが、これはすれちがいに終わった。片思い続きで、彼はついに生活の道連れを得られなかった。

このようにいくども異性の愛を求めたことは、同性愛のなかったことを示している。配偶者をもたぬ寂しさをまぎらすための旅行癖であった。

ヤーコプ・グリムはかなり外国旅行もしたが、それは公務や研究のためで、ときには息抜きのためであった。弟夫婦の所帯は彼の所帯でもあったし、弟の娘を相手に古風なダンスを踊ることもあった。ヴィルヘルムは病身で、外国旅行はまったくせず、故郷再訪や保養旅行の程度で、愛妻と一男二女の家庭に恵まれていた。風来坊のような傷心のアンデルセンとは別であった。

ヤーコプにいわせると、弟は外国語はあまり得意でなかったが、古典語や古ドイツ語や中世ドイツ語の大家であった。ヤーコプにいたっては、多くの死語にも、通用している外国語にも通じていた。フランス語が達者なので、パリに三度も行っている。そのうち二度は、フランス軍がドイツから奪っていったドイツの文化財をパリで取りもどすという困難な仕事であった。それに成果をあげたので、プロイセン政府から感謝状を贈られたほどである。ヤーコプはまた、晩年、来訪した三人の日本の使節団員とオランダ語で話し合った。

アンデルセンは三十回も外国旅行をしたが、ことばに堪能ではなかった。フランス語のへただったことは自分でも認めていた。英文の手紙には誤りが少なくない。しかし勘のよさで外国でも不自由なく通じたようである。その点で、本格的な学者グリム兄弟などにない柔軟さがあったにちがいない。

アンデルセンは多角的な柔軟な才能の持ち主であった。少年時代に志した歌や踊りはものにならなかったが、スケッチをよくし、ことに切り絵には非凡な才能を示した。イタリア旅行中のスケッチには、感じのよく出ているものがある。ローマのスペイン階段や、ナポリ対岸のソレント半島や、ペストゥムの神殿や、ヴィーン郊外のベートーベンの墓などがそれである。彼のスケッチ画は、鉛筆画七十点、ペン画二百五十点、残

アンデルセンのイタリア旅行中のスケッチ（フィレンツェ、1834年）

っているとのことである。イタリアでスケッチを多くかいた点でゲーテに似ているが、数でも質でもゲーテに及ばなかったと思われる。

アンデルセンがダゲールの発明した写真を初めて見たのは三十五歳のときである。彼の前半生においては写真は普及していなかったから、スケッチやシルエットふうの切り絵は、写真の代わりをつとめたという面もあったろう。彼のスケッチはまったくの素人芸であるが、切り絵はまったく天才的である。

彼に、はさみと紙を持たせると、立ちどころに表情や態度のおどけた人物、例えばピエロやドレスを着た婦人や美しい木の葉や目もあやな模様などを切り抜いた。きちんとした巧妙なシルエットではなく、ユーモラスにおどけた人物や、メルヒェン的な構図のものである。実際、彼の切り絵は着想においてメルヒェンと共通したところが多い。その典型的な一つ、「太陽の顔」は、オーデンセのアンデルセン博物館の入口の上にかかげられていて、人目を引き、メルヒェンの世界に誘うのである。彼の切り絵は千五百点も残っているそうである。

グリム兄弟も高校生のころ、余暇に絵を習い、きびしい勉学の息抜きにしたが、見るべきほどの絵は残していない。末弟のルートヴィヒ・グリムがすぐれた画才を発揮し、グリム兄弟の肖像画をたくさん残しているのを見れば、兄たちにも絵ごころはあったろうと思われるが、アンデルセンには及ばない。

ヴィルヘルム・グリムは社交的で、家庭的な音楽会を催すこともあり、人を楽しませる話術もそなえていた。ヤーコプはひたすら書斎の人で、孤高であった。いずれにしても、折り目正しいグリム兄弟と異なって、アンデルセンには、八方破れ的に型破りのところがあった。その才能も弱点もむき出しにしていたので、非難もされたが、多くの人に親しまれ愛された。

童話について

アンデルセンの初期の『子どものために語られた童話』は、童話と訳されてあたっているが、やがて「子どものために語られた」ということばを省いたように、後半の作品には短編、中編小説というべきものがかなりある。アンデルセンみずから「物語」(Historier)と称している。実際、おとな向きの題材が多い。が、いずれにしても、アンデルセンは空想的で、おしゃべりである。創作家なのである。

それに対し、グリムのメルヒェンは、短くて良いのが多い。子どもに話しかけるように反復はあるが、長たらしくはない。長たらしいのは、おおむね良いといえない。そういう点では、グリム兄弟のは童話と訳されてよい。「おおかみと七ひきの子やぎ」「ヘンゼルとグレーテル」「灰かぶり」「いばらひめ」「白雪ひめ」「星の銀貨」など、よく知られているものは、そうした童話の傑作である。しかし、民間の古い伝承的な話であるから、昔話と訳したほうが、あるいは民話と訳したほうが適当な場合もある。メルヒェンをカバーする適当なことばがないから、メルヒェンという原語を使いたくなる場合が多い。メルヒェンはもう慣熟した外来日本語である。

『子どもと家庭のメルヒェン』は「グリム兄弟によって集められた」と表記されている。その集め方も口伝えに重きを置いた。文献から採った話もあるが、口から口へ伝わってきた話を、直接ひとの口から聞きとろうとした。しかしメルヒェンは事実ではなく、空想の産物である。「おおかみと七ひきの子やぎ」や「ヘンゼルとグレーテル」などに似た話は方々に伝わっているが、その筋のようなことは現実にはありえない。しかし、人間の心の中ではどこでもありうる話である。その点で、メルヒェンと伝説は異なっている。

ヤーコプはメルヒェンと伝説をはっきり区別した。メルヒェンには、具体的な地名、人名、年月日は明記されていない。「昔あるところに王さまがいました」というふうに始まる。「ブレーメンの町の楽隊」（二七番）は、例外的に地名がついているが、それとて、ブレーメンの町のできごとではまったくない。お払いばこになる家畜

笛吹き男（ハーメルンのマルクト教会にあったステンドグラスから模写された水彩画、1592年）

がにぎやかな町ブレーメンに行って、なんとかしようと考えるだけである。地名の出ている話はごくわずかあるが、それもそこが舞台になっているわけではなく、もっともらしく思わせるだけである。

　ヘンゼルやグレーテルの名も男の子と女の子の代名詞のような名で、姓ではない。白雪ひめとか、いばらひめとかいうのが、メルヒェンの人名である。

　これに反し、伝説は何ほどか事実にかかわりがあり、時と所とが明記されている。例えば、「ハーメルンの笛吹き男」という有名な伝説については、一二八四年六月二十六日にハーメルンの町にまだら服の笛吹き男が現れて、百三十人の子どもを連れ去った、という記録がある。それに尾ひれがついて伝説ができあがった。うわさがうわさを産んで、現実ばなれした話になったものが多いが、伝説には歴史的な事件が背景にある。それをグリム兄弟は『ドイツ伝説集』としてメルヒェンとは別に編集した。

だが、グリムのは、メルヒェンにしても伝説にしても、民間伝承として存在していたものをつとめて口伝えで忠実に集めようとしたのであって、加筆はされているが、創作ではない。もっとも古い文献から採った話もかなりあるが、兄弟の創作したものはない。ただ一つ「雪しろとばらべに」(一六一番)だけは、あらかたヴィルヘルムが彼の流儀で書いた、とレレケ教授はヴィルヘルムのことばに従って指摘している。例外がただ一つだということは、グリム童話は創作ではないことを語っている。

これに反し、アンデルセンのは彼自身の創作である。もっともアンデルセンも初期には伝承的な民話によって童話を書いた。アンデルセン童話全集の巻頭の三つ、「火打ちばこ」「小クラウスと大クラウス」「えんどう豆の上に寝たおひめさま」のほか、「旅の道づれ」(七番)、「野の白鳥」(一三番)、「楽園の庭」(一四番)、「ぶた飼い王子」(二三番)、「まぬけのハンス」(七六番)、「お父ちゃんのすることはいつもまちがいない」(一〇六番)と、合計九編は、アンデルセンが子どものころ聞いたデンマークの昔話に依っていると、作者の自注に記されている。

右のうち、初めの七編はアンデルセンが三十代に書いたもので、童話を書きはじめたときであるから、聞きおぼえの話によって書くのが、書きやすかったのであろう。

童話を書き慣れ、その面で評価が高まってくるにつれ、自分の着想や空想にしたがって創作するようになったわけである。

もっとも、右記の九編のうち、「えんどう豆の上に寝たおひめさま」と「楽園の庭」とはデンマークの民話にない、とのことである（「アナセンとデンマーク民話」ゲオ・クリステンセン著、岡田令子訳、「アンデルセン研究」第二号、東京書籍）。してみると、民話によるものは、七編だけとなり、アンデルセンみずから、自分の全財産という百五十六編のうちのごく少部分ということになる。彼は、グリムと趣きを異にする創作童話作家だということが、明らかになる。

そして小説といったほうがよいような創作もある。「やなぎの木の下で」（六七番）や「砂丘の物語」（一〇〇番）は、子ども向きの筋ではなく、童話にしてはひどく長い。こういうのはグリムにはほとんどない。もっとも、長い作品でも「雪の女王」（二九番）や「どろ沼の王さまのむすめ」（八六番）や「氷ひめ」（一一〇番）はメルヒエン的なところがあるが。

アンデルセン童話にも伝説によるものがいくらかある。「悪い王さま」（八九番）には「伝説」と副題がついている。これは、彼の童話集のなかで後半に配列されているが、書かれたのは、童話創作の初期、三十五歳のときである。伝承に依存した作品を書いたころである。同じく初期の「皇帝の新しい服」（九番）は、「スペインのドン・マヌエル王子（一三四九年没）の〈ルカノール伯爵とパトローニオとによって書かれた模範とすべき本〉にすべて負うている」と作者の自注にある。それは、アンデルセンより五百年も前の本であるから、すでに伝説になっているといえる。話の筋はそれによっているが、ただ根本的に重要な相違がある。マヌエル王子の本では、王さまは裸だと指摘するのが黒人になっているが、アンデルセンは子どもにそれを指摘させている。さすがに童話作家の着想である。

「鐘の淵」（八八番）と「風がワルデマル・ドウとそのむすめたちのことを話します」（九〇番）も、作者みずから民族伝説によっている、と記している。「ベアグルムの司教とその同族」（一二七番）と「にわとりばあさんグレーテの一家」（一三七番）も歴史的な伝説によっている。後者は、同じくデンマークの作家ヤコプセンの有名な歴史小説『マリエ・グルッベ』にも取り扱われている題材である。

しかし、そういう場合でも、アンデルセンはグリム兄弟とはまったく異なっている。グリムは伝承を極力忠実に書きとめようとし、創作を加えないようにしているから、メルヒェンも伝説も大部分短い。アンデルセンでは、民話や伝説によっていても、彼の創作になっている。

しかし、伝承再現にせよ、純粋創作にせよ、人間的なものを表現し、最高なもの、もっとも神聖なものと、もっとも世俗的卑近なものとのつながりを示している点で、両者は共通である。

だからグリム兄弟のような学者でも、アンデルセンの「えんどう豆の上に寝たおひめさま」を「えんどう豆でためす」という題で、うかつにもグリム童話集の第五版(一八四三年)に入れたことがある。その話は、ヴィルヘルム・グリムの息子ヘルマン・グリムが十四歳くらいの少年のころ聞いてきたのを、父がおもしろいと思って童話集に入れたところ、すぐアンデルセンの作とわかり、次の第六版から除いてしまった。グリムとアンデルセンとの童話が交錯した興味深いケースである。この話はデンマークの民話にはないが、スウェーデンの民話には類話があるとのことであり、おひめさまが大げさな試みを受けるという点で、民話的であるから、グリム兄弟もこれを一度だけ童話集に入れるというミスを犯すことになったのであろう。

6　メルヒェンの語り手

グリム兄弟の場合

Ａ　うら若い女性の語り手たち——

世界の童話の宝庫となったグリム童話を、兄弟が二十代の初めに集めはじめ、二十代の終わりに二巻を刊行したのは驚くべきことであるが、グリム童話の傑作の大部分をふくむ第一巻の話を提供したのが、おおむねうら若い女性たちだったのは、また意外な驚くべきことである。アンデルセンには、まとまって話を提供したという人はいない。おおむねが自己の着想だからである。

古い話の語り手といえば、おじいさんやおばあさんが連想される。グリムにおいても、初版の第一巻が出たあとでは、五十七歳ぐらいのフィーメンニンというメルヒェンのおばさんがすぐれた語り手として大きな寄与をしたが、初版の第一巻では、二十歳前後のお嬢さんたちが重要な語り手の役を演じた。それは、カッセルでグリム兄弟のごく近くにあった太陽軒薬局のヴィルト家の娘さんたちと、ヘッセン政府の高官ハッセンプフルークの令嬢たちであった。彼女たちはグリム兄弟の末の妹ロッテと友だちであったから、グリム兄弟とおのずと接触するようになった。

グリム兄弟はマールブルク大学の法科に在籍しながら、古いドイツの文学に心を引かれ、熱心に勉強し、早くから博識であった。そして民謡集『少年の魔法の角笛』(全三巻、一八〇五—〇八年)にかなりの資料を提供していた。すでに民謡集は刊行されたので、兄弟は民話を集めることを考えた。それには、『少年の魔法の角笛』を編集したアルニムとブレンターノが、とくに後者が刺激を与えた。

もっとも早い童話(民話)のための抜き書きとしては、兄ヤーコプ・グリムが、ネールリヒの小説『シリー』のなかから一八〇七年に書き写した「千まい皮」(六五番)の原形がある。これを、十九歳のドルトヒェン・ヴィルトから弟ヴィルヘルムが口伝えに聞いた同じ話で補修して、現行の話ができた。

このように兄弟は学者的であり、学者を志していたので、文献から収集する傾向をもっていた。初版第一巻の八十六話のうちにも、文献によったものが、十四編くらいある。そして第二巻では、その種のものがずっとふえている。

しかし、兄弟は、根源的に民衆の間に発生し、伝えられた話を、直接口伝えによって集めようとした。事実、第一巻の大部分は、そのようにして集められた話に占められている。そこにグリム童話の特徴と魅力がある。だが、グリム童話のすべてが口伝えの民話ではない。口伝えのものでも、ヴィルヘルムによって文学的な文体を与えられていて、素朴な原形の民話ではない。その点で、民話研究家から、ヴィルヘルムは民話に手を加えすぎたという非難がされる。

しかし、口伝えの原形のままでは民俗学的研究には適当であろうが、一般の読み物としては広く受け入れられない。ヴィルヘルムの誠実に学者的で、しかも詩人はだの美しい文体が、民話に魅力を与えたのである。そのため民話が広く愛読され、研究されるようになった。その点で、民話収集を主導したヤーコプが伝承に忠実であろうとした精神を、ヴィルヘルムが尊重しながら、読み物として簡素で美しい文体を与えた功績を高く評価しなければならない。

グリム童話は、伝承のメルヒェンではなく、本のメルヒェン（Buchmärchen）だといわれるが、兄弟の学者的な性質からいってそうなるべき傾向をもっていた。にもかかわらず、文献から話を集めるという安易な方法に偏せず、口伝えを重んじたことは、グリムの話が本物であるという信頼感を抱かせるのである。全面的に口伝えによっているわけではないが、それを努力目標として、それをかなりの程度に達成したことは、高く評価される。

厳密に伝承のままにすれば、多くの話が方言で語られるであろうから、方言で印刷することになる。それでは、一般には読めず、楽しめない。だから、兄弟は『五十童話』を選んだときは、方言の話は、民話収集の模範とされた二つの話「漁夫とその妻」（一九番）と「ねずの木の話」（四七番）だけにとどめ、あとは全部、標準語の話にした。実際は、全二百十編の話のうち、二十一編だけが方言なのである。

それに、例えば、「白雪ひめ」（五三番）は初版では、方言的な題 Sneewittchen のあとに Schneeweisschen という標準語の題をつけていた。現行の版では、この話は普及したので、題名だけは方言のままになっている。兄弟はそういう配慮をしたのである。

口述から書きとめた話でも、ドイツ、フランス、イタリア、千一夜などに類話のあるものは、伝承のものも、既刊の本にのっているものも、グリム兄弟は注釈の部に丹念に記載している。文献にもこまかく注意をくばっていたことがわかる。二十代の初めからそうであった。口伝えを重んじたが、それと文献からとの二段がまえだったのである。

B　ヴィルト家の女性たち――

一八〇七年に抜き書きされた話がもっとも早いものとして右に記したが、口伝えのものとして早く聞きとられたのは、一八〇八年の「麦わらと炭と豆」（一八番）と「しらみと、のみ」（三〇番）である。これは、ドロテーア・カタリーナ・ヴィルト夫人がヴィルヘルムに語った短いユーモラスな話である。夫人は薬局の主婦であったが、学者の血を引いた、むしろインテリ女性であった。彼女の父は解剖学の教授であり、母は有名な言語学者ゲスナー教授の娘であった。グリム兄弟は、メルヒェンを野の花のような自然文学の一つとして、「教化されない人々」によってつちかわれた文学と考えたが、すでにヴィルト夫人は教化された人であった。「麦わらと炭と豆」の話も、彼女がイソップにちなんでおぼえていた話と思われる。「しらみと、のみ」には、子どもの歌に似た話があった。彼女はそういうものをくみとるセンスをもっていて、娘たちにお話への関心をつちかったと思われる。

ヴィルト家には四人の娘がいて、そのいずれもが、メルヒェンの供給源になった。いちばん上のリゼッテは一八一〇年に「コルベスどの」（四一番）、「がたがたの竹馬小僧」（五五番）などを伝えた。もちろん彼女だけの話でまとまった話になったわけではない。幾人もの人の話で合成されている。それは彼女の場合だけでなく、以下に述べる多くの場合においてそうである。

ドルトヒェン・ヴィルト（ヴィルヘルムと結婚した。ルートヴィヒ・グリムによる肖像画）

　長女リゼッテよりは次女のグレーチヒェンのほうがよりよい語り手で、しかもいちばん早くヴィルヘルム・グリムに話を聞かせた。母よりも少し早く、一八〇七年に「マリアの子ども」（三番）を、その翌年に「ねこと、ねずみの、ともぐらし」（二番）を語っている。他の人の話と合成されたものが、なおいくつかある。

　しかし、グレーチヒェンは姉に続いて、一八〇九年に結婚すると、メルヒェンに関心を示さなくなった。それでヤーコプは腹を立て、「グレーチヒェンはしようがない。夫のことだけにかまけている」と嘆いた。そのことはヴィルト家の三人の娘に共通で、長女のリゼッテも四女のミーも娘時代にだけ話を提供した。ミーは一八一〇年に「名づけ親になった死に神」（四四番）一つを伝えた。

　彼女らに比べると、三女のドルトヒェンは、娘時代にたくさんのよい話をヴィルヘルムに聞かせただけでなく、ヴィルヘルムの妻となってから後も、メルヒェンの増補のために協力した。家庭の人としてと同時にメルヒェンの仕事の点でも夫のよりよき半分であった。この夫婦の間に生まれたヘルマン・グリムは高名なベルリン大学教授になったが、「私の母はいつもヘッセンの方言で語った。母は私自身にも、例えば『つぐみのひげの王さま』(五二番)、『星の銀貨』(一五三番)などを話してくれた」と言っている。そのようにドルトヒェンは母になってからも、メルヒェンを語りつづけたのである。

二十歳前のドルトヒェンが独身のヴィルヘルムに伝えた話には、「森の中の三人の小びと」(一三番)、「ホレおばさん」(二四番)、「かしこいエルゼ」(三四番)、「六羽の白鳥」(四九番)、「恋人ローラント」(五六番)、「かしこい人たち」(一〇四番)などがある。部分的に彼女の話によって加筆されたものも少なくない。「ヘンゼルとグレーテル」(一五番)のなかで、魔女から、自分の家をボリボリかじるのはだれだ?ときかれて、ヘンゼルとグレーテルは、

風よ、風よ、
空の子よ。

と答える。このすばらしい文句は、初版になかったが、ドルトヒェンがヴィルヘルムに語ったので、再版以後とり入れられたのである。これはいかにもメルヒェンらしい表現で、全編の雰囲気を生かしている。もし、「おなかのすいた子どもたちよ」と答えたとしたら、読者はせちがらい現実に引きもどされて、メルヒェンのイメージは吹き消されてしまうであろう。「ヘンゼルとグレーテル」は全体としてヴィルト家から伝えられた話であるが、ドルトヒェンによって生気を吹きこまれた、といえよう。

このようにして、グリム童話集中、ヴィルト家の女性から伝わった話は三十編を越えている。

C　ハッセンプフルーク家の女性たち──

旧説によると、ヴィルト家に「マリーばあさん」というお手伝さんがいて、話じょうずで、童話集第一巻の四分の一以上が、このマリーばあさんから出たことになっていた。それはヘルマン・グリムがグリム兄弟の思い出のなかにそう書いているので、そのまま信じられていた。彼はすぐれた文学史家であり、声望の高い教授であったし、何よりヴィルヘルム・グリムの息子だったので、彼の所説を疑うものはなく、百年以上もそう信じられてきた。しかし、ヘルマン・グリムが生まれたのは一八二八年で、グリム童話の初版が出てから十数年たっていて、童話収集の現場を知らなかったのであるから、誤りが生じたのは、ありうることである。

マリーに由来する話をマリーばあさんの語ったものとしてきた旧説は、一九七四年にレレケ教授の精確な研究によって誤りであることが立証され、多くの話を提供したマリーは、マリー・ハッセンプフルークであることが明らかになった。彼女たち三人姉妹は、グリム兄弟がメルヒェンを集めはじめたころ、二十代前であって、ヴィルト家の娘たちと同様、グリム兄弟の妹ロッテの友だちであった。この両家のうら若い女性たちが、グリム童話の前半の二大支柱になったのである。

マリー・ハッセンプフルーク

マリー・ハッセンプフルークたちの母親は、フランスからドイツに亡命してきたユグノー（カルヴァン派新教徒）の出で、ヘッセン国の高官になったヨハネス・ハッセンプフルークと結婚した。彼女自身はメルヒェンを伝えなかったが、三人の娘はフランス語をよく話し、ペローなどの話をよく読んでいた。彼女らも教化されない人ではなく、教養に富んでいた。

ことに長女のマリーは、いくらか病身で、冥想的な性質だったので、メルヒェンに慰めを見いだし、古い話に親しんでいた。彼女に由来する話は二十編に達するとされるが、病身だったせいか、彼女一人でまとまった話を伝えたのは、わりに少ない。「兄さんと妹」（一一番）、「手なし娘」（三一番）、「いばらひめ」（五〇番）などが彼女に帰せられるが、「白雪ひめ」（五三番）にも大きなかかわりをもっている。「かえるの王さま」（一番）は主としてヴィルト家から出ているが、マリーもその異形を伝えている。ことにグリム童話集の最後を飾るにふさわしい暗示的な話「金のかぎ」（二〇〇番）が彼女によっていることは、特筆に値しよう。

マリーもお話を聞かせたのは、結婚前のことで、一八一四年に嫁いでから提供した話はない。

マリーの妹、ジャネットもよい語り手で、「糸をつむぐ三人の女」（一四番）、「赤ずきん」（二六番）、「十二人の猟師」（六七番）などのほかに、「長ぐつをはいた雄ねこ」（初版にだけ、三三番）を語った。雄ねこの話はペローの話そっくりなので、再版以後はぶかれた。この話をジャネットが提供したことは、彼女がその名のように、フランス色を濃くもっていたことを示している。

三女、アマーリエは才色兼備で、グリム兄弟と親しかったが、博識で、グリムのドイツ語辞典により多く協力した。彼女の名はその辞典の序文に明記され感謝されている。彼女の語ったメルヒェンは少なく、「金の毛が三本ある鬼」（二九番）、「名づけ親さん」（四二番）ぐらいである。彼女は文才があり、有名な女流詩人アネッテ・フォン・ドロステ＝ヒュルスホッフのもとで晩年を送り、その墓のかたわらに葬られた。そのアネッテも、後に記すように、メルヒェン収集に協力している。

その他、ハッセンプフルーク家から出たものとして「おおかみと七ひきの子やぎ」（五番）、「白いへび」（一七番）、「りこうなハンス」（三二番）などが挙げられる。

D　マンネル家とラミュ家の女性たち――

ヴィルト家とハッセンプフルーク家には比べるべくもないが、マンネル家とラミュ家の若い女性たちも、グリム童話に比較的早く寄与した。

フリーデリーケ・マンネルは牧師の娘であるが、『少年の魔法の角笛』に彼女の寄せた歌が五つ収められているほどなので、その編者ブレンターノが彼女にヴィルヘルムを紹介した。ヴィルヘルムは彼女に多くのメルヒェンを期待したが、彼女はもうすべてブレンターノに話してしまったということで、自筆の「フィッチャーの鳥」（四六番）と、筆跡不明の「めっけ鳥」（五一番）、「三まいの羽」（六三番）、「金の子どもら」（八五番）ぐらいにとどまった。彼女とヴィルヘルムとの間の手紙がいくつも残っており、ヴィルヘルムはかなり彼女の話に執念を持っていたようである。

ラミュ家も牧師で、その一家は、すぐれた語り手フィーメンニンと早くから親しくしていたようで、フィーメンニンをグリム兄弟にすすめた。ヤーコプはそれをラミュ家に感謝している。しかしフィーメンニンは童話集の初版第二巻と両巻の再版に大きな寄与をしているから、後に記すことにする。

「十二人の兄弟」（九番）はラミュ姉妹からの口伝えとされる。彼女らはグリム兄弟の読書会の仲間であったから、当然であったろうが、この話の元はフィーメンニンから出ていると思われる。いずれにしても、直接の寄与より、フィーメンニンをとりもったところにラミュ家の功があろう。この一家の姉妹、ユリア・ラミュとシャルロッテ・ラミュはラミュ家として一体に扱われている。

E　ハックストハウゼン家の女性たち――

グリム童話集初版第一巻は、グリムの郷国ヘッセンから集められた話によっている。具体的には、ヴィルト家とハッセンプフルーク家の若い女性たちが主たる提供者になった。

それに引きかえ、初版第二巻は、もっと広い範囲から集められた。もっとも、ヘッセン国のフィーメンニンという実年のすぐれた語り手が重きをなしているが、隣国ウエストファーレンのハックストハウゼン家とドロステ＝ヒュルスホッフ家との若い女性たちが大きな寄与をしている。

もっとも、この二つの貴族は、グリムにそれぞれ一家として貢献しているのであって、ヴィルト家やハッセンプフルーク家の場合のように、個々の女性がどの話を口伝えで話したかはあまりはっきりつきとめられていない。

W・A・フォン・ハックストハウゼン男爵は、初めの夫人との間にルイーゼ・テレーゼをもうけた。この人が詩人アネッテ・フォン・ドロステ＝ヒュルスホッフの母となった。それゆえ、アネッテもハックストハウゼン家と一括して記してよいわけである。

二度めの夫人との間には、じつに十四人の子どもができた。男女七人ずつで、センスのある人が多かった。四男のヴェルナーはグリム兄弟より五つほど年上だったが、なかなかの学者で、民俗学にも興味をもっていたので、グリム兄弟と早くから親しくしていた。ハックストハウゼン家は、グリム兄弟のカッセルから西方に遠からぬパーダーボルン市とベーケンドルフ村に住んでいたので、グリム兄弟のメルヒェンの注には、この一家にかかわる話は、「パーダーボルンから」となっている。

ヴィルヘルムは一八一一年に招かれてベーケンドルフのハックストハウゼン家の領地に赴き、令嬢たちと親しく交わった。とくに彼は、まだ十一歳の末娘アンナ・フォン・ハックストハウゼンに、自分たちの集めたメルヒェンの話をし、新しい話を聞かせてほしいとたのんだ。アンナやその姉ルドヴィーネや兄のアウグストや彼らの母マリアンネ夫人らから得た話は、「ハックストハウゼン家から」となっている。もっとも多く関与したのは、アンナである。ヴィルヘルムは繰り返しベーケンドルフを訪れた結果、じつに二十九の話を採取した。そのなかに方言の話の多かったのは、口伝えを重んじるグリム兄弟の主旨にかなっていた。

ルドヴィーネから「土の中の小びと」(九一番、方言)、「王さまと二人の子ども」(一一三番、方言)、「ジメリ山」(一四二番)などが伝えられた。

アンナが主として関与しているものは、「パーダーボルンから」または「ハックストハウゼン家から」とされている。そのなかには、第一巻の最後の話にふさわしい「きつねと、がちょうたち」(八六番)、第二巻の「ガラスびんの中のおばけ」(九九番)、「森の中のおばあさん」(一二三番)、「六人の家来」(一三四番)などのほか、巻末の「(子どもの) 聖者物語」のうちの「森の中の聖ヨーゼフさま」(一番) から七番までが、ハックストハウゼン家から出ている。また、第一巻にも再版から同じ出所の話が加えられた。「うまい取引き」(七番)、「ブレーメンの町の楽隊」(二七番)、「二人の兄弟」(六〇番) などがそうである。

ハックストハウゼン家と親類にあたるフォン・ドロステ＝ヒュルスホッフ家の若い女性たちも、少なくとも三つの話を伝えている。彼女たちは毎夏、親類のいるベーケンドルフに赴いていた。

一八一三年の夏、十八歳のイェンニーと十六歳のアネッテは、そこでヴィルヘルム・グリムと会い、メルヒェンを語ってほしいとたのまれた。アネッテは第一級の詩人になったように、個性が強く、とっつきにくかった。それで主として姉のイェンニーが「ぺてん師とその師匠」(六八番)、「踊ってすりきれたくつ」(一三三番)、「三人の黒いおひめさま」(一三七番) などを伝えた。

F　フィーメンニン――

第一巻が出た後、非常にすぐれた語り手がグリム兄弟の前に現れた。カッセルの図書館員をしていた兄弟のところに、近郊のニーダーツヴェーレン村のフィーメンニンが通ってきたのである。フィーマンという仕立て屋の妻で、貧しくはあったが、たぐいまれな話しじょうずであった。グリム兄弟は、童話集の序文でも注釈でも、収集の内幕については記していない。地名などで出所を大まかに示しているだけであるが、フィーメンニンのことだけは詳しく、最高の賛辞をもって述べている。

グリム兄弟がラミュ家によって彼女を知ったのは、一八一三年四月で、彼女は五十八歳だったから、当時では老女と見られたであろう。彼女は仕立て屋の女房であったが、農作物をカッセル市に売りにきて、その行商の帰りにグリム兄弟の家に寄って、話を聞かせた。グリム兄弟が彼女の家に行って話を聞いている絵が、当時の画家のかいたものとして、よく参考にされるが、それは誤りで、その絵もグリム兄弟の死後かかれた空想画である。

ツヴェーレンの百姓の妻と知合ったのは、幸福な偶然であった。彼女から私たちは、ここ（童話集第二巻）にかかげた、生粋のヘッセンの童話の著しい部分と、第一巻の追加とを得た。この婦人はまだ元気で、フィーメンニンといい、明るく鋭いまなざしをしており、若いころは美しかったに違いない。彼女は古い話をしっかり記憶している。……慎重に、あぶなげなく、たいそう生き生きと話を楽しみながら語った。初めはまったく自由に話した。希望すると、もう一度ゆっくり話してくれたので、いくらか練習すると、筆記することができた。このように一語一語おぼえている話が多く、その真実さは誤認の余地がないであろう。……繰り返しても、事柄を変えるということを決してせず、まちがうと、話の最中にすぐ自分で訂正する（初版第二巻の序）。

伝承に忠実であろうとしたグリム兄弟にとって、彼女はまさに理想の語り部であった。第二巻の初めには彼女からの話が並んでいる。「がちょう番の娘」（八九番）、「かしこい百姓娘」（九四番）、「物知り博士」（九八番）、「みそさざいと、くま」（一〇二番）、「かわいそうな粉屋の若者と小ねこ」（一〇六番）、「ハンスはりねずみぼうや」（一〇八番）といったぐあいである。こうして、一八一五年の第二巻の話七十編のうち、彼女の話は十五編を占めている。その他に、他の話を補う材料になったものが十編以上ある。また、再版以後、第一巻に、「忠実なヨハネス」（六番）、「十二人の兄弟」（九番）、「金の毛が三本ある鬼」（二九番）などの話が彼女によって補われた。

グリム兄弟は、一八一九年の再版で初めて童話集に口絵を入れたとき、第二巻の巻頭に、弟ルートヴィヒの描いたフィーメンニンの肖像をのせた。それは、三十編もの

フィーメンニン（ルートヴィヒ・グリムによる肖像画）

話を提供してくれた彼女に対する高い評価と深い感謝を示すものである。

兄弟は貧しく不幸な彼女をいたわり、謝礼のほかに、いく度か援助の手をさしのべた。彼女は、自分の寄与した童話集第二巻が出た年、六十歳で死んだ。

グリムの序文には、フィーメンニンは生粋のヘッセン（ドイツ）のメルヒェンを伝えた、と記されているが、彼女も十七世紀にフランスから亡命してきたユグノーの一族の子孫である。それでフランス語をよくし、ペローなどのコントを知っていた。したがって彼女の話を生粋のヘッセンの話とするのは適当でない。むしろメルヒェンには国境がないことを示すものと考えるべきである。グリム童話集は『子どもと家庭のメルヒェン』と題されていて、ドイツという形容詞をグリム兄弟はつけていないのである。

G　グリム童話の特色──

上記の他に、メルヒェン収集を助けたものは、いくらもいる。男性にも、牧師ジーベルトや老兵クラウゼなどの提供者がいた。しかし上記の女性たちに比べれば、その寄与はわずかである。

ことに、グリム童話を代表する名作「かえるの王さま」（一番）、「おおかみと七ひきの子やぎ」（五番）、「ヘンゼルとグレーテル」（一五番）、「灰かぶり」（二一番）、「ホレおばさん」（二四番）、「赤ずきん」（二六番）、「ブレーメンの町の楽隊」（二七番）、「いばらひめ」（五〇番）、「白雪ひめ」（五三番）などが、おおむね若いグリム兄弟がうら若い女性たちから話を聞いたころの産物であって、第一巻に収められていることを思うならば、若い女性の語り部たちがあざやかに目に浮かんでくるのである。

若い女性がそういう話に強い興味を抱いたのに不思議はない。グリム・メルヒェンの主人公には、白雪ひめやいばらひめや灰かぶりのように若い女性が多いから、若い女性の共感を引いたのは自然であろう。

「ちしゃ」（一二番）の女主人公ラプンツェルは十二歳で高い塔にとじこめられ、長い髪を綱にあんで、はしごとして王子と密会するが、塔の主である魔女に見つかって、不幸になる。若い女性なら、その身の上に同情を寄せるであろう。「マリアの子ども」（三番）の女主人公は十四歳で、「いばらひめ」の主人公は十五歳で、幸、不幸と運命の転変にあうが、王さまや王子と結婚する。結局は幸福になる。「灰かぶり」（二一番）や「ホレおばさん」（二四番）の女主人公はやさしく思いやりの深い娘なので、いじめられはしたが、幸運にあずかる。「灰かぶり」の女主人公は王子に見そめられ、結婚式をあげることとなる。白雪ひめは初めは七歳となっているが、長い眠りの後に王子と結ばれる。いずれも結婚適齢期になる娘やおひめさまである。そういう話を聞いた若い女性が、人ごとでないような関心をもって、心にとめるのは当然であろう。

グリム童話の主人公のなかで、六十一人が女性である。それは二百十一話の三分の一にすぎないともいえるが、その他の話には、笑話や動物話や聖者伝説や、なぞなぞや、ことば遊びがかなりあるから、本来のメルヒェン、ことによく知られていて、すぐ心に浮かぶメルヒェンでは、女主人公の話が多いのである。「ヘンゼルとグレーテル」（一五番）や「兄さんと妹」（一一番）や「漁夫とその妻」（一九番）など、一対の男女が登場するが、いずれも女性のほうが主役を演じている。妹のグレーテルが兄のヘンゼルを救うことになるし、「兄さんと妹」でも、終始妹が兄さんをリードすることになっている。「漁夫とその妻」でも、夫は虚栄心の強い妻の言いなりになり、裕福になったのに、もとのもくあみに返る。

こういうふうであるから、名作メルヒェン選集というべき『五十童話』では、三十以上の話で、女性が主人公をつとめている。しかも、既述したように、それらの話がグリム童話を代表するものである。

十二人ほどの若い女性がそれらの話を語ったことは、自然であるとはいえ、グリム童話の大きな特色である。それらを受け入れた兄弟も、主要な部分については、二十代半ばであった。こうして、みずみずしい生命をもつメルヒェンが掘り起こされた次第である。

アンデルセンの場合

このようにグリム兄弟は多くの話を特定の人物、とくに女性から聞き取っているが、アンデルセンの場合には、そういうことはない。七編は、「子どものときに聞いたもので、自由に再話した」ことになっている。だれから聞いたかは定かでなく、ことにアンデルセン流に自由に再話している点で、口伝えをなるだけ忠実に表現しようとしたグリム兄弟と根本的に異なっている。

アンデルセンは民間伝承によっているにせよ、文学作品に基づいているにせよ、史料によっているにせよ、友人たちやパトロンたちからヒントを得たにせよ、自由に創作しなおしたのである。初めのほうの話でも、「小さいイーダちゃんの花」（四番）、「親指ひめ」（五番）、「人魚ひめ」（八番）などは「まったく私の創作である」と作者はいっている。その表白は、大部分のアンデルセン童話にあてはまる。彼の作品は多かれ少なかれ人生体験の表白であるから、それは当然といえよう。それによって彼は童話に新風を吹きこんだのである。

グリム兄弟が学者として伝承に対し客観的であろうとしたのに反し、アンデルセンは自己の体験を主観的に表白した。それによって両者は童話の世界の二大高峰となったのである。

グリム兄弟は童話集の初版に、一つ一つの話に類話や普及状況や似た話の出典などについて学問的な注をつけたが、それはお話の本の普及の妨げになったので、兄弟はそれを再版（一八一九年）からはぶいてしまい、第三巻、注釈編として一八二二年に独立させた。それが民話研究の先駆となり基礎となった。

アンデルセンの童話は、『子どものために語られた童話』であるから、もちろん注釈などはない。だが、一八三七年に「火打ちばこ」から「皇帝の新しい服」までを一巻にまとめて本にしたとき、アンデルセンは、これらの童話には子どもには理解できないふしもあろう、といって、短い解説をつけた。それが繰り返され、死ぬ前年、一八七四年に最後の話「歯いたおばさん」までの解説を書いた。それはそれぞれの話を書いた動機を説明した自注になっている。グリム童話の客観的学問的な注と異なって、作者の個人的ないきさつを記したものである。あとになって執筆当時を回想して書いた点でも、初めから注釈をつけたグリム兄弟と異なっている。

グリム兄弟は、お話を口伝えで提供してくれた人のことは、注釈には明示せず、どの地方からの話であるかを示すにとどめているが、増訂用の私家本にはほぼだれから聞いたかを書きこんでいる。それに対し、印刷されたアンデルセンの自注には具体的な出所が書かれている。

しかし、当然のことながら、作者独自の着想というのが多く、グリム童話の場合のように、語り手が示されていることはなく、ヒントを与えてくれた人の名が挙げられていることも少ない。むしろアンデルセンは聞き手であるより、語り手であった。ひとに話を聞かせることを自分の喜びとし、それでひとを喜ばせ、慰めようとした。「小さいイーダちゃんの花」の注に、「詩人ティーレの家で小さいイーダちゃんに植物園の花のことを話してやってから、この話はできた。この子の言ったことをいくらかおぼえていて、この童話を書きおろしたとき、再現した」とある。語り手はアンデルセンで、聞き手のことばのはしを採り入れたにすぎない。グリム童話の場合は、若い女性が語り手であって、兄弟は聞き手であった。その点、作家アンデルセンとまったく異なっている。

詩人ティーレは、「にわとこおばさん」(三〇番)や「みんな、あるべきところに!」(六四番)、「びんの首」(七九番)などの素材を提供しているが、アンデルセンより十余年の先輩で、ヒントを与えてくれたまでである。まとまったお話をしてくれたわけではない。

ヒントを与えてくれた人には、偉大な彫刻家で大先輩のトルワルセンがいる。彼は「みにくいあひるの子」に興味を寄せ、アンデルセンに「自分たちのために新しい美しい童話を書いてくれたまえ。君なら、一本のかがり針についてだって書けるよ」と言ったので、「かがり針」(三一番)ができた。そう自注にある。ありそうなことだが、この童話が書かれたのは一八四六年で、トルワルセンは一八四四年に死んでいるので、どこかにアンデルセンの記憶ちがいがある。

また長編「砂丘の物語」(一〇〇番)は、やはり大先輩の詩人エーレンシュレーガーと死後の生について語り合ったことが、その創作のきっかけとなった。また「水のしずく」(四七番)は、やはり大先輩のエアステッドのために書いた、と自注にある。前に述べたように、この電磁気学の大家はアンデルセンの童話をいち早く認め、『即興詩人』が作者を有名にするとすれば、童話は作者を不朽にするだろう、と高く評価した科学者である。そういう事情から、エアステッドが童話を書かせるきっかけになったのは、十分ありうることである。

よく知られた「マッチ売りの少女」（三九番）は、フリンクという木版師が三枚の絵を送り、彼の編集する民衆カレンダーのために、そのうちの一枚をもとに童話を書いてほしい、とアンデルセンにたのんだのがきっかけで書かれたのである。哀れな貧しい少女の絵をアンデルセンが選んだのは、自分の貧しい時代を想起したからであろ

「マッチ売りの少女」を創るきっかけになった絵

う。

あまり知られていないが、おとなのための迫力のある話「古い教会の鐘」（一〇三番）は、りんごの的の劇詩人シラーの生誕百年にちなんで、シラー・アルバムに書くように依頼されて書かれた。

こういうふうに、素材を提供されたり、ヒントを与えられたり、具体的にきっかけがあったりして書かれた話もあるが、そういうのもいずれも散発的で、グリム童話のように出所がまとまってはいない。創作家の創作だからである。「あるお母さんの話」（四九番）は、子どもを失った母親の断腸の嘆きをつづった感銘ふかい話であるが、自注には「なんのきっかけもなしにできた。道を歩いているとき、考えがわき、発展して、書きおろされるにいたった」とある。いわば無から有が生じたのである。

グリム兄弟の場合は、常に有から有が生じた。そこに両者の童話の大きな違いがある。

7　グリム兄弟と私

グリム兄弟と私

何よりまず私は、グリム兄弟と、グリム兄弟およびメルヒェンの研究家とに、とりわけグリム兄弟博物館の創設者L・デーネッケ博士と現在の館長へニヒ博士と、本日ご臨席のレレケ教授とレーリヒ教授とに深い感謝をささげたいと存じます。とくにレレケ教授の画期的なグリム研究は、私にとって学問的開眼でもありました。

私は心の中でグリム兄弟とともに半世紀以上にわたって生きてきて、生活と心を豊かにされましたが、それは同時に、グリム研究家に導かれて学問の究《きわ》めがたさと、それにたずさわる喜びとを味わってきたことでもあります。こうしてグリム兄弟に関して私の書いたものは、全面的にドイツの研究家たちに負うているのであります。

私が幼いころ、日本のおとぎ話とともに初めて聞いたグリムのメルヒェンは、「星の銀貨」（一五三番）であります。そのときはもちろんグリム兄弟のメルヒェンとは知りませんでしたが、まぎれもなくグリムの「星の銀貨」でありました。幼い私は、

「星の銀貨」のさしえ

貧しい少女のやさしい心に深く感動し、銀貨の恵みの雨をわがことのように喜びました。それは私にとっては、メルヒェンの、いや、文学の初体験でありました。

　このごく小さいメルヒェンを、私はいまも、もっとも愛するメルヒェンの一つに数えます。それは私だけでなく、多くの日本人によく親しまれている童話であります。われわれはこの隣人愛のメルヒェンに共感するからでありますが、同時にわれわれは小さいものをいとおしむからであると思います。日本人は美術工芸品によく現れているように、本来、小さいもの、つつましいものを愛する性情をもっており、その点で、グリム兄弟の「ささやかなものへのつつましい傾倒」と「小さいものへの忠実さ」に共鳴するからであります。彼らのメルヒェンは、そのような心情から集められたのであります。

しかしその後、私はグリム童話を気ままに読んだにすぎませんでした。グリムの名から深い印象を受けたのは、大学時代の最後のころ、ヴィルヘルム・グリムの息子ヘルマン・グリム教授の『ゲーテ講義』を読んだときでした。そのなかでゲーテとシラーの創造的友情について述べられた章に、私は強い感激をおぼえました。団体法の権威オットー・フォン・ギールケは「人の人たるゆえんは、人と人との結合にあり」と申しました。ゲーテ、シラーの結合と同様に、グリム兄弟の結びつきも最高の創造的な人間関係だと感じました。この兄弟は、人の人たるゆえんの模範であると感じ、私はいっそう心を引かれました。

それで、一九三一年に、ドイツに留学しましたとき、ヴァイマルでゲーテ、シラーの銅像の前に立つより先に、私はハーナウでグリム兄弟の記念碑を仰ぎ見ました。それは、美しい兄弟愛とメルヒェンと学問とを象徴していて、私の心を強くゆすぶりました。私はいつの日かグリム兄弟の伝記を書こうと思い定めました。そしてグリム兄弟を胸に抱いてハーナウからシュタイナウを経て、マールブルク、カッセル、ゲッティンゲンへと北上し、ブレーメンまで旅しました。だれもまだメルヒェン街道などと言っていなかったときに、メルヒェン街道を旅したのでした。

しかし、グリム兄弟の伝記を書こうという私の願いが実現されたのは、三十年以上も後のことでした。私はだいぶ回り道をしました。一九三二年にはゲーテの死後百年祭が行なわれましたので、私はヴァイマルの式典に参加し、それから長い間ゲーテにたずさわりました。それはしかし、むだな回り道ではありませんでした。ゲーテはヴィルヘルム・グリムにいくども会っていますし、グリムのメルヒェン集を「多年にわたって子どもや婦人を幸福にする」ものといって推賞しています。とくにグリム兄弟の『ドイツ語辞典』では、ゲーテの表現はもっとも多く引用されています。したがって私はグリム兄弟を忘れたことはなかったのですが、も一つの回り道が、グリム兄弟研究を妨げました。しかし、それもむだな回り道ではありませんでした。

私は一九三一年の夏、南スイスの金の丘モンタニョーラにヘルマン・ヘッセを訪ね、圧倒的な印象を受けました。私はヘッセの作品を読みふけり、内面への道に導かれました。数回のヘッセ訪問は私を彼の熱烈な尊敬者、献身的な弟子にしました。

ヘッセは、グリム兄弟も寄与した民謡集『少年の魔法の角笛』を愛読していましたが、グリムの「すばらしいメルヒェン」についても言及し、「兄弟が気高い忠実さをもって編集したメルヒェンを、われわれは安心してドイツ語の名誉の本の中に記入する」と述べています。またヘッセは手紙の中で「私はグリム兄弟に幼少時代から心を寄せていた。……このすばらしい兄弟との接触は、つねに私にとって喜ばしかった」

ヘルマン・ヘッセ

と書き、「グリム兄弟が伝説とメルヒェンを学問的に深く掘りさげて集めたのを高く評価した」といっています。また「グリムのドイツ語辞典は私の愛読書の一つだ」ともいっています。実際、私はヘッセの書斎の本棚の、いちばん出し入れしやすいところに古いグリムのドイツ語辞典が並べられているのを見たとき、このことばの魔術師が、グリムの辞典の泉からことばを汲《く》んでいたことに驚きを禁じえませんでした。

ヘッセ自身、メルヒェンを書いています。彼はロマン派の詩人たちを、ことにクレメンス・ブレンターノとアルニムを愛していました。アルニムとブレンターノはグリム兄弟をメルヒェンに向かわせた人でした。これらの点で、ヘッセとグリム兄弟は直接、間接に結びつきを持っていたわけです。ヘッセは今日、日本でももっとも多く読まれている作家です。数えきれないほど多くの版で読まれているグリム童話と、ヘッセの作品とは、私においてだけでなく、日本の多くの読者において、隣り合っているのです。近い過去においてそうであり、今日そうであり、明日もおそらくそうでありうるでしょう。

さらに私はヘッセの家で、思いがけず、別の側からグリムのメルヒェンに導かれました。

ニノン・ヘッセ夫人は、『グリム以前と以後のドイツ・メルヒェン』を編集しておりますように、メルヒェン研究家でありました。ニノン夫人はグリム童話と日本のおとぎ話とを比較したいと申しましたので、私は日本のおとぎ話をとりあえず五編、ドイツ語に訳し、彼女に渡しました。しかし、彼女がヘッセのあとを追って一九六八年に亡くなりましたので、その計画は実現しませんでした。にもかかわらず、ヘッセとニノン夫人はこうして私をグリム兄弟に立ちかえらせるきっかけを与えました。

私は一九五三年以来、五回メルヒェン街道を旅し、そのたびごとにグリム兄弟博物館と、デーネッケ博士を訪問し、教えを受け、資料を集めるのを助けていただきました。その間、私は段階的にグリム童話を翻訳し、伝記の部分を少しずつ発表しました。例えば、グリム兄弟とまったく同時にメルヒェンを刊行していたもう一人のグリム、すなわちアルベルト・ルートヴィヒ・グリムのこと、アンデルセンのグリム訪問のこと、ゲッティンゲン七教授追放事件のこと、『子どもと家庭のメルヒェン』の成立史のことなどです。

一九六一年に『ドイツ語辞典』が、ほぼ百年を経て完成したと聞いたとき、百年の眠りからさめた「いばらひめ」（五〇番）を私は思い出しました。偉大な金字塔の奇跡的な、悲劇的な完成は、私を揺すぶり発憤させました。私はただちにグリム兄弟伝を主要な仕事として専心し、ようやく一九六八年に伝記『グリム兄弟』を発表しました。グリム兄弟を一体としてその全容を描いた、日本で最初の本でありました。兄弟の生活と業績のすべてについて言及することはできませんので、グリム童話の成立、ゲッティンゲン七教授追放事件の経緯、『ドイツ語辞典』の成立とを三本の主な柱として、いちおうグリム兄弟の全体を紹介しました。

一九七四年、私はジュネーブ郊外にマルティン・ボードマー図書館を訪れ、グリム兄弟の初稿メルヒェンを肉筆の形で見ることができました。その間、ドイツで新しい研究が続々出ました。とりわけ、デーネッケ博士とレレケ教授の重要な発表がありましたので、私は自分の本を改訂し、昨年『グリム兄弟・童話と生涯』を出しました。そのなかのメルヒェン成立史は、レレケ教授の驚嘆すべき研究に負うところがきわめて大であります。

すぐれた劇作家ツックマイヤーが、「グリム兄弟は二つの生活から一つの生活を作ったのだから一体として語るのが正しい」といい、ヴィーンの文豪フーゴー・フォン・ホーフマンスタールも「この二人については、一人の人として語られるべきだ」といっています。それを私は正しいと思いました。しかし、この兄弟を一体として書くのは、私の力を越えることでした。だが、ともかくグリム兄弟の全体を知ってもらうのには、いくらか役立ったかと思います。それを機縁に私は天皇陛下〔昭和天皇〕に二度、皇太子殿下〔現上皇陛下〕に一度、グリム兄弟の話をしました。陛下はグリムに興味をもっておられるようでございました。

従来日本では、グリム兄弟は一般には三十編ほどのメルヒェンによって知られているにすぎませんでした。メルヒェンはグリム兄弟のもっとも重要ではあるが、仕事の一部であって、彼らは最高の文献学者、言語学者であり、また国王の強権に屈しなかった正義の教授であったことは、日本ではほとんど知られておりませんでした。現に、戦後日本の文部大臣をつとめた高名な哲学者は、ドイツ語辞典が童話のグリム兄弟によって始められたことを、私の論文によって初めて知って驚いた、という手紙を私にくださいました。

私自身、ヤーコプ・グリムがゲッティンゲン大学から追放されたときの事情を知り、亡命の逆境のなかで、弟とともに『ドイツ語辞典』という大きな仕事に着手したその不屈の気力に驚きました。ヴィルヘルムが病身にむち打って、メルヒェン集の増訂にたずさわりながら、辞典のDの部を模範的に書き上げた努力を賛嘆しました。

私は『子どもと家庭のメルヒェン』を開くごとに、その大部分を書いたヴィルヘルムのおもかげが、どのページからも浮かんでくるのを、ヤーコプと同じように感じます。同時に、柔らかいペン（weichere Feder）を持つヴィルヘルムに、『ドイツ語辞典』の苦しい仕事をさせたことを悲しんだヤーコプの深い思いやりに、私は胸の熱くなるのをおぼえます。そして『ドイツ語辞典』を開くごとに、晩年の兄弟の苦しい戦いを思い、悲痛な感に打たれます。

グリム兄弟と日本

以上、私はグリム兄弟との個人的なかかわりを述べましたが、それは同時に日本人がグリム兄弟と彼らのメルヒェンとをどのように受け入れてきたかの一端を語るものです。

さて、それに対し、グリム兄弟は日本とどのようにかかわったでしょうか。グリム兄弟の生きていたころ、日本は鎖国を厳しく守っていたので、彼らが日本について、ケンプファーの『日本誌』によって知った程度で、多くを知らなかったとしても、無理がありません。例えば、ヤーコプ・グリムは学士院で「花に由来する女性の名まえ」について言語学的に興味ふかい講演をしております。もっとも男性的だったヤーコプにもこのような多彩な一面があったのです。彼はギリシャ語、ラテン語、ヘブライ語、サンスクリットなどの女性の名まえで、花に由来するものを述べています。残念ながら、日本の女性の名は出てきません。花に由来する女性の名まえは、日本がいちばん多いかと思われます。例えば、もも、うめ、ゆり、きく、ふじ、らん、すみれ、など。だが、さすが博学なヤーコプ・グリムも、そのことは知らなかったと思われます。

しかし、ヴィルヘルム・グリムは一八一七年に、ロシアの艦長ゴロヴニーンの日本見聞記の書評を書いております。日本に抑留されたゴロヴニーンの本が『遭厄日本紀事』として邦訳されたのは文政八（一八二五）年でありますから、ヴィルヘルム・グリムはそれよりずっと早くそれを紹介したわけです。彼はまた、ゴロヴニーンを救い出したディアナ号副長リコルドの「日本紀行」も続いて紹介しています。

さらにヴィルヘルムが、メルヒェンの注釈編のなかで日本の美しい蛾のメルヒェンについて述べているのは、特筆に値します。日本の少女に愛玩された魅惑的に美しい蛾に、多くの昆虫が慕いよって、結局ひどく傷つく話で、それはケンプファーの『日本誌』に載っておりますが、出所が確かめられません。グリム兄弟を尊敬していた詩人ハインリヒ・ハイネは、この話を基にして「とんぼ」という印象深い詩を作りました。ハイネはグリムの蛾をとんぼに変えていますが、「このたとえ話は日本のものだ」とはっきりいっております。メルヒェンは、ドイツと、地球の反対側で鎖国していた日本とを結びつけたのでした。

　ケンプファーの『日本誌』はヤーコプの興味も引きました。彼は大きな『ドイツ法律古事誌』の最後のページの最後の行に、「日本人は、火による犯罪判定法と潔白を証明する飲み物を知っていた」と書いています。これはいわゆるオーディール(Ordeal)すなわち神明裁判で、火や熱湯の中に手を入れてもただれない者は無実だとされる「探湯《くかだち》」と、容疑者に熊野牛王《くまのごおう》という護符を細く切って飲ませると、犯人ならば苦しくなって罪を白状するという犯罪判定法であります。ヤーコプ・グリムが『ドイツ法律古事誌』を日本の古い神明裁判で結んでいるのは、日本との因縁を感じさせます。

　はたしてヤーコプは死ぬ前の年、一八六二年、日本人の訪問を受けました。徳川幕府の遺欧使節の一行はベルリンの方々で各種の大きな施設を見学しましたが、そのなかの三人がヤーコプ・グリムを訪問したことがヴィルヘルムの未亡人ドルトヒェン・

グリムと息子のヘルマン・グリムとによって、伝えられております。

それによると、ヤーコプは日本の珍客を喜んで迎え、オランダ語で話し合ったということであります。ただ日本の使節のなかのだれが訪問したかは、百方手を尽くして調べましたが、わかりません。使節団のなかに、やがて新しい日本の偉大な啓蒙家となった福沢諭吉が通詞として加わっていましたので、諭吉がオランダ語でヤーコプ・グリムと話した場面を考えると、たいへんおもしろいのですが、確かなことはまったく知られておりません。たまたまグリム兄弟生誕二百年祭の直前に福沢諭吉は一万円札に姿を現わしました。

一八六二年六月二十二日のベルリンのフォッス新聞にも、日本人使節のベルリン滞在については報告されておりますが、だれがヤーコプ・グリムを訪問したかは記されておりません。

日本の使節団の副使松平康直は、公刊された『幕末遣欧使節航海日録』に、彼の随員、市川渡は「尾蠅《びよう》欧行漫録」に、かなり詳しくこの旅行について記しておりますが、グリム訪問のことは述べられておりません。たぶん一行中で位の低いものが訪問したので、記録されていないものと思われます。

一行の御勘定（会計係）であった日高圭三郎の「文久元年欧行日誌」（出発したの

が、文久元年すなわち一八六一年で、ベルリン着は一八六二年）と、位の低い従者黒沢貞備《さだよ》の「ヨーロッパ航海日録」は、どちらも出版されておりませんが、その写しを私はたまたま入手いたしました。これは二つとも個人的なメモであるので、かえって小さいことも記されているかと思いましたが、残念ながらグリム訪問は記されていません。

ＮＨＫが一九八四年、ヤーコプ・グリムについて漫談的に語る番組をテレビで放映したとき、ヤーコプが日本人にグリム童話集を贈呈する場面をフィナーレとしました。おもしろい着想ですが、これはまったくフィクションであって、何の根拠もありません。しかし、もし、ヤーコプが日本人にメルヒェンの話をしたとすると、ドイツのメルヒェンと日本人との接触の皮切りになったでありましょう。空想するだけでもほほえましいことですが、ヤーコプの語ったことは、そのときだけで永久に消えてしまいました。惜しいことです。

日本人の訪問から二十五年たって一八八七年、グリム童話は初めて、しかも二通り邦訳されました。それから毎年のように訳本が出ました。日本ではメルヒェンといえばグリムとアンデルセンが並び称されるのですが、グリムのほうが一年早く日本版を持ちました。そして、国会図書館に所蔵されている範囲では、グリムの邦訳が六十四種出版されているのに対し、アンデルセンのそれは三十六種にとどまっており、グリムのほうがはるかに多いことがわかります。

グリム童話の最初の邦訳について注目すべきことは、翻訳者がいずれも児童文学者でなかったことと、すでにさしえがついていたことであります。グリム兄弟自身、最初は子どもの本を作る意図をもたなかった、つまり児童文学者でなかったように、日本の最初のグリム翻訳者は三人とも児童文学者でなかったのであります。これはメルヒェンが子どもだけのものでなく、子どもでないもののためのものでもあることを示しております。さらに、グリム童話のドイツの初版にはさしえがなかったのに、日本の最初のグリムの翻訳にはさしえがついていたのであります。アンデルセンの最初の邦訳にも、さしえがなかったのですから、グリム邦訳には特色があったといえます。

第一の翻訳者、菅了法《すげりょうほう》は僧侶であり、代議士に選ばれました。したがって、その童話選の翻訳（一八八七年）の文体はかなり古風な文語体で、子どもにはかなり読みにくかったでしょうが、「金の鳥」（五七番）、「灰かぶり」（二一番）とにさしえを入れて親しみやすい本にしようとしています。

第二の翻訳者、呉文聡《くれぶんそう》は有名な統計学者で官吏でありました。その翻訳（一八八七年）の文体は古風で、誤りはありますが、平易であり、しかも、表紙の絵のほか、九

上田万年訳の『おほかみ』のさしえ

枚の軽妙なさしえがあり、色刷りで、「おおかみと七ひきの子やぎ」（五番）を楽しく読ませます。

　第三の翻訳者、上田万年《かずとし》は、日本の国語学者として著名で東京帝国大学教授となりました。若いころ、やはり「おおかみと七ひきの子やぎ」（一八八九年）を訳しましたが、平明で、よどみのないみごとな文体であります。しかも色刷りの表紙絵のほか、一ページ大のさしえが十一枚はいっております。ことにおもしろいのは、おおかみもやぎも日本の着物を着ていることです。一見奇妙な感じがしますが、日本人のさしえとして特色があり、デーネッケ博士は、このさしえをユニークなものとしてほめております。

日本のグリム童話本が最初からさしえ入りであったことは、その後のグリム童話集だけでなく、一般に童話本のさしえや絵本によい刺激を与えたでありましょう。日本の児童書のさしえは目ざましい発展をとげ、外国でも注目、評価されています。ドイツのすぐれた多くの画家がグリム童話のさしえをかきましたように、日本でも同様にすぐれた画家たちがさしえに腕をふるっています。

偉大な先駆者

日本における代表的な民話研究家である関敬吾氏は、メルヒェンの本質に関する多くの学者の見解は結局グリム兄弟の考えに帰着する、といい、具体的にもグリム・メルヒェンと日本の昔話とを比較しております。日本の民話研究と収集はグリム兄弟のメルヒェンとその注釈書に負うところが多く、童話のさしえの発展もグリム童話の多彩なさしえ入り版に刺激されたことは、いま述べたとおりであります。

フリードリヒ・フォン・デア・ライエン教授は、その著者『ドイツのメルヒェン』のなかでグリム兄弟をいろいろな意味で模範として強調しております。実際、グリム兄弟は、メルヒェン収集の先駆者として、グリム・ジャンルの創造者として、メルヒェン文体の確立者として、模範であることを示しております。メルヒェン収集家、研究家としてだけでなく、精密でない学問（Ungenauen Wissenschaften）すなわち文学と歴史の分野においての良心的な巨匠として、同時にまた正義の権化のような学者として、二人は過去において模範と認められ、今日なおそうであり、明日も模範として通用するでありましょう。

こうして人間性に根ざすメルヒェンは、グリム兄弟とともに、つねにいつまでも生きつづけるでありましょう。

（グリム兄弟生誕二百年記念の国際メルヒェン・シンポジウムで。
一九八五年四月二十六日）

8　アンデルセンと私

アンデルセンと私

私が初めてアンデルセンに心を引かれたのは、大学時代の終わりであった。もちろん、鷗外訳の『即興詩人』は一高時代に読んでいたが、それはみんなが読むから、私も読んだのであった。名訳としてたたえられた『即興詩人』なので、私もうっとりして桃源郷に遊ぶ思いであった。朗朗誦すべき華麗な美文に酔ったが、花霞に包まれたように何かしらおぼろであった。

大学の卒業論文を書き終えて、頭が重く気が晴れなかったとき、何か楽しいものを読みたいと思って、丸善に行った。ドイツ書の売り場を見ていると、レクラム叢書の中にアンデルセンの『即興詩人』と『絵のない絵本』と『ただのヴァイオリン弾き』とが並んでいた。何げなく、『即興詩人』をあけて見ると、たいへんやさしく流れるようなドイツ語であった。研究書のドイツ文に食傷していたので、頭が軽くなるようだった。『絵のない絵本』をぱらぱらとめくると、お月さまが、フランス王の玉座の上で死んだ貧しい少年の身の上を語っていた。私は一も二もなく引きつけられて、三冊のアンデルセンを買った。三冊といっても、大正末期ではレクラム本は星一つ二十銭くらいであった。

私はそれに引きこまれて読みふけった。日本語の『即興詩人』よりドイツ語のそれのほうがはっきり頭にはいった。六十余年前のその本をあけてみると、巻末に鉛筆で読後感が記されている。薄れているが、はっきりと読める。「情趣しきりに動く。よいかなこの詩！　現実にあるかと見れば、陶然として詩境にあり」。あまいけれど、青春の文学に対する青春の感動であった。

私はこの『即興詩人』を携えて、一九三二年、ローマ、ナポリに遊んだ。ナポリの真南のカプリ島に舟遊をしたのも、『即興詩人』がそこで終わっているからである。岩に砕ける緑波のしぶきをかぶりながら、ヴェスヴィオ火山とナポリをながめたところ、アンデルセンのいうとおり、イタリア国第一の景観であった。

レクラム本の『絵のない絵本』の表紙

古い三冊のレクラム本は、いまも私の書架にある。薄黒くなり、とじ目がほぐれそうになっているが、青春を共にした本をどうして粗末にすることができよう！『即興詩人』は鷗外その他の訳があっても、デンマーク語からの新しい訳はまた歓迎される。楽聖の名曲がいろいろな指揮者によって演奏されて、いよいよよく味わわれるように。

その後、私はドイツ文学にたずさわったので、アンデルセンの童話を気まぐれに読むていどであったが、「皇帝の新しい服」にひどく感心して、山本有三氏にそのことを話すと、有三氏も、あれは最高の傑作だよ、と共感してくれた。

一九三二年にヨーロッパに留学したとき、デンマークに行ったのも、アンデルセンゆえであった。四十余年後、その童話全集の翻訳に取り組んだのは、グリム童話との比較に興味を寄せたからである。それにつれて、アンデルセンの伝記をいろいろ読んで、自分の生涯は一つの美しいメルヒエンだとみずから書いている彼が、じつは孤独な旅に明け暮れたことを知って、私は一種の衝撃を受けた。文豪として国葬の栄誉を受けたけれど、泥沼の植物と自称した暗い影を背負ってよろめきながら生きたことに、私は心を打たれて、人間アンデルセンへの関心を深められた。

下積みからはいあがった彼は、生きぬくために細心であると同時に、大胆でなければならなかった。一八四一年に、いろいろな点で危険きわまるドナウ川の大溯行を敢行しているのには、驚嘆した。小さいことには小心で、大きいことには大胆だという矛盾から彼の作品は生まれているのだ、と私は思った。旅行記『一詩人のバザール』はその点でじつにおもしろい。大いに進歩的であるが、革命などには無縁である。多彩な世界の市場を見て、好奇の目で絵を追っている。天性の紀行家といえよう。

外界をユーモラスに多彩に描いたリポーターは、反面において、自己の内面を表白する創作家であった。空想的な童話にも自伝的要素が織りこまれているように、紀行だけでなく、『即興詩人』をはじめとして、小説にも作者自身の体験や心象が多かれ少なかれ投影されている。『ただのヴァイオリン弾き』で作者は「天才は温められることが必要な卵です。幸運という施肥が必要です」といっている。アンデルセンは恵み深い神さまに温められ、導かれて、天才を発揮した。しかしそうなるまでの彼の苦労はなみたいていでなかった。

『ただのヴァイオリン弾き』の主人公は、ついに天才を輝かすことができなかった。アンデルセン自身もそういう不安に、たえず脅かされていた。この小説も、その不安の表白であり、自伝の反面だ、と私は感じた。

＊

『即興詩人』を携えてのイタリア旅行は楽しかったが、そのときは、ナポリの南東九十四キロのペストゥムには行かなかった。それが心残りでならなかった。『即興詩人』のもっとも印象的な場面は、古代ギリシャの神殿の立っているペストゥムで演じられるからである。髪にすみれをさした貧しい美しい盲目の少女ララに、主人公アントニオは生まれて初めてのキスをする。その燃えるキスがやがて、目の見えるようになったララとアントニオを結びつけるのである。

その舞台に行ってみたい。静かな偉大さと崇高な単純さを具現している古典建築の前に立って、その場面を思い浮かべてみたい。——その念願が、『即興詩人』を読んでから半世紀余を経て実現された。一九七四年ようやく私はペストゥムに行った。そこはいまも行きにくい不便なところである。準急列車も一日に一本くらいしかとまらない小さな村である。『即興詩人』にアンデルセンは「ペスツムは宿るべき家もなく、ここより

ペストゥムの古代神殿

かしこへの道は賊などの出没することもありと聞えければ」（鷗外訳）と書いている。いまでもポンペイを訪れる人は引きもきらないが、ペストゥムまで足をのばす人は、いくらもいない。私が行ったときも、ペストゥムの駅で下車したのは三人きりだった。

だが、その神殿建築はまったくすばらしい。建築は凍れる音楽だといわれるのを、そこで私は深く実感した。人けのない静寂の中に野の花が咲き乱れている。そこに二千五百年の風雨に耐えた大きな石柱が並んでいる。荘厳のきわみである。ゲーテもここを二度おとずれて、このようによく保存された遺跡を見ることのできたのを神に感謝している。私も天来の無言の音楽を聴く思いで、列柱の下にたたずみつづけた。そして、ここに私をみちびいてくれたゲーテとアンデルセンに感謝した。

＊

一九五九年にアンデルセンの生地オーデンセに行ったとき、駅で帰りの汽車を待っていると、靴磨きの老人がやってきて、大福帳のような古ぼけた分厚い帳面に署名してくれと言った。めくり返すと、三十年くらいにわたる無数の署名がぎっしり並んでいた。この老人は、アンデルセンの家を訪れる内外の人の署名を集めるのを生きがいとしているようだった。アンデルセン童話中の失恋の悲しい物語「やなぎの木の下で」（六七番）の主人公も、作者の父と同じく靴屋である。作者も、アントニオのように空想家で冒険的でなかったら、オーデンセのしがない靴屋で終わったかもしれない。

私は、アンデルセンのようにのっぽの靴磨きのために喜んでローマ字と日本文字でサインをした。

＊

一九七九年の秋、アンデルセン展示会が中国の北京、上海、広東などで開催されることになった。オーデンセのアンデルセン博物館長オクセンヴァド氏を、私がその七月おとずれたとき、館長はその準備にせわしくしていた。なにせ保守的なデンマーク王国の元首たる女王様が開会式のため赤い中国に飛ばれるというので、しかも相手がデンマークのようにもっとも小ぢんまりした国と正反対に、計り知れない未知の国だというので、館長さんはとまどいのていであった。

アンデルセンの中国行きは、私にもちょっと意外に思われた。アンデルセンは二十八歳のとき、デンマーク国王から旅費をたまわって外国旅行をし、そのおかげで『即興詩人』を書き、名を成したのである。後には王室顧問官の称号を受け、王家から厚遇された。プロレタリアートの国家とは異質のような気がするし、いわゆる社会主義リアリズムの作風をもつ作家でもない。だが、アンデルセンは文字どおり無産階級の出身で、下積みの社会のものの苦しみと悲しみと根強さを多彩に描いている。心情においてて彼はプロレタリア的であるから、新生中国で展示会を開かれても不思議はない。彼のメルヒェンは国境もイデオロギーも越えた普遍性をもっている。中国でも彼のメルヒェンは前から翻訳されている。中国が国際児童年を一つの契機として、広く国際的受容の門戸を開くのは喜ばしいことである。

＊

アンデルセンの童話がどんなに世界的に普及しているかについて、私はアンデルセン博物館の文献でおもしろい事実を知った。カール・ラルセンというデンマーク人が一九一二（明治四十五）年に、日本に旅行し、京都を訪れたとき、お寺のお祭りで縁日の市が立っていた。おもちゃや、駄菓子を売っている、おばあさんの屋台の前に立ちどまると、薄い安価な子どもの絵本も並んでいた。ラルセンは何げなくそれを手に取って見た。動物寓話や勇士物語や怪談のたぐいであったが、そのなかにロシア皇帝の絵が出てきた。けげんに思ってめくると、廷臣たちの前でからっぽの織機に向かって働いている人物の場面が描かれていた。ラルセンはもう疑う余地がないと思って、次をめくると、はたして皇帝が冠をかぶっているが、裸で行列の中を歩いている絵があった。

ラルセンは、『フィクションのないアンデルセンの生涯、文化史的図版入り』(一九二六年)という本の開巻第一にその話を書き、その日本の絵本の絵を二枚さしえとして入れている。それがじつにおもしろい。維新のころの日本の洋式軍装とロシアの軍服とをちゃんぽんに着た兵隊に守られて、おへそをまる出しのロシア皇帝が剣をさげ、長ぐつをはいて歩いている。そして欄外に「日本のお伽噺、霞の衣」と記されている。まぎれもなくアンデルセンの「皇帝の新しい服」の再話なのに、日本のお伽噺となっているのである。それにしても、「霞の衣」とはしゃれている、と私は感心した。

アンデルセンと日本

アンデルセンは、だいたい十九世紀の半ば、日本の徳川幕府の末期から明治初年にかけて文学活動をした。詳しくいえば、一八〇五年、すなわち文化二年、徳川第十一代将軍家斉のときに生まれ、一八七五年すなわち明治八年に死んだ。最初の童話集が出たのは、一八三五年すなわち天保六年である。

鎖国政策がきびしく守られていたので、アンデルセンも日本のことはほとんど知らなかったようである。当時としては彼は新しがりやで、好奇心や冒険心が強く、ヨーロッパ各地に三十回も旅行した。早い時期にドイツで汽車に乗り、写真をとってもらってもいる。それでも、日本は彼にとって未知の国であった。十二巻におよぶ彼の日記にも、日本のことはごくわずかしか記されていない。

百五十六編ある『童話と物語』のなかには、世界のいろいろな国や地名が出てくるが、日本が出てくるのは、「よなきうぐいす」（二五番）だけである。この話では、よなきうぐいすをめでている中国の皇帝のもとに日本の皇帝から人工の美しいよなきうぐいすが送られてくる。それには、きれいな歌を歌うオルゴールがはめこまれている。この機械じかけのよなきうぐいすは、本物のよなきうぐいすをおしのけてしまうほど精巧にできている。アンデルセンがこの話を書いたのは一八四四年（弘化元年、徳川第十二代将軍のとき）である。その百数十年後に高度の技術国になった日本をアンデルセンは予見したようで、興味がある。

さて、彼の童話が初めて日本に紹介されたのは、一八八八（明治二十一）年で、グリムやハウフの童話の邦訳より一年遅れている。いわゆる「はだかの王さま」が「不思議の新衣裳《あたらしきいしょう》」として孩提《がいてい》の翁《おきな》という訳者名で、その年の「女学雑誌」に連載された。孩提の翁は巌本善治の別号で、この人は本来教育家であり、昔話に目をつけた先駆者の一人である。

この初訳では、主人公は天子さま（天皇とも訳されている）である。アンデルセンの原作は「皇帝の新しい服」であるから、通称「はだかの王さま」より原作に近いわけである。作者は、この話をスペインの古い話から採ったのであるが、デンマークは王国で、アンデルセンはその王さまから奨学金などを受けていたので、お話では王さまでなく、皇帝としたものと思われる。

「不思議の新衣裳」と同年の暮に、同じ話が『諷世奇談』王様の新衣裳』在一居士《ざいいつこじ》翻訳として春祥堂から出た。ここでは王様が主人公になっている。在一居士は別名、河野政喜ということになっているが、じつは、明治、大正時代に翻訳や評論で活躍した高橋五郎である。彼は本名で同じ訳を『諷世奇談』として明治三十六年に出している。

明治二十二年には、森鷗外の妹、小金井きみ子が『絵のない絵本』の第五夜の話を訳している。明治二十四年には尾崎紅葉《こうよう》が紅葉山人の名で「二人《ににん》むく助」を出している。これはアンデルセン童話の二番「小クラウスと大クラウス」の翻案である。紅葉自身が「善人なりとも愚鈍は亡び、悪人ながら智者は栄ゆる世の例《ためし》」と書いているので、この翻案は悪評を受けた。

明治二十六年には、巌谷小波が漣山人の名で、アンデルセンの「かがり針」（三一番）を「ピン物語」という題で翻案し、「空飛ぶトランク」（一五番）にヒントを得て、「カバン旅行」を自由に書いている。

明治二十七年には、英文学の平田禿木《とくぼく》と、その友人で同じく英文学の上田敏が同年同月に、同じく「ホメロスのお墓のばら一輪」（一九番）の訳を雑誌に発表している。

その後は、いちいちあげきれないほど多くの人が訳している。読み物として、また童話創作の範として、子どもにもおとなにも愛読されて今日に及んでいる。

一九五六年から、国際児童図書評議会によって、国際アンデルセン賞が、世界中の最優秀児童文学書の作者に二年ごとに贈られることになった。児童文学に対する最高の表彰である。残念ながら、まだ日本から受賞者が出ていない〔のちに、まど・みちお（一九九四年）、上橋菜穂子（二〇一四年）、角野栄子（二〇一八年）が受賞〕。

しかし、一九六六年にさし絵の分野に設定された最高のアンデルセン賞画家賞は、一九八〇年に赤羽末吉《あかばすえきち》氏に、一九八四年には安野光雅《あんのみつまさ》氏に贈られた。児童書のさし絵にかけては日本は世界のもっとも高い水準にあることが証明された。

9 結び

名著『本・子ども・大人』のなかで、ポール・アザールは「児童文学に関しては、北国の方がすぐれている。それもはるかにすぐれている」と書いている。北国とはドイツと北欧をさしている。それを代表するのが、グリムとアンデルセンである。太陽が豊かで人間が外に向かって開放されている南国より、太陽が乏しく、人間が内向的になる北国で、人間は、心の世界に遊ぶようになる。長い冬の間、瞑想的に空想的に自分の世界を描き出して、内面的に豊かに生きようとする。そこに、カントやヘーゲルやキルケゴールなどの哲学と、グリムやアンデルセンの童話が生まれた。

詩的なものはすべてメルヒェン的でなければならないと考えたノヴァーリスや、ロマン派の作家たちだけでなく、古典主義のゲーテもメルヒェンをたくさん書いた。もちろん、完成された芸術を目ざした古典主義より、無限な世界に遊ぶロマン派のなかから多くのメルヒェンが生まれた。ティークのメルヒェン劇「長ぐつをはいた雄ねこ」、フケーの『水妖記』、E・T・A・ホフマンの『くるみ割とねずみの王さま』、シャミッソーの『影をなくしたペーター・シュレミールの不思議な話』、ハウフの『隊商』など、メルヒェンまたはメルヒェン的な作品の花ざかりである。

ロマン派は空想と同時に古い伝承を貴んだから、民謡や民話の復元が盛んになった。その面を代表するのがグリム兄弟のメルヒェンである。こうして創作メルヒェンでも伝承メルヒェンでも、北国ドイツは南国よりすぐれていることを示した。少し遅れてデンマークにアンデルセンが出現して、メルヒェンにおける北国の優位を揺るがぬものにした。

だが、グリム兄弟においては、メルヒェン収集は彼らの研究のほんの一部にすぎなかったし、兄弟はメルヒェンによって広く名をなそうなどとはまったく考えていなかった。結果において、世界的な名声を得るようになった。兄弟は一貫して研究することを喜びとし、名声を求めず、学問的な実を学問的に発表した。彼らも高い評価を受け、名声の高まるのを喜んだであろうが、それは結果として報いられてきたのであって、追い求めたのではなかった。彼らの学問の実が認められて、学士院会員兼ベルリン大学教授となり、ヤーコプは文化勲章をもって顕彰された。実が名より先行したのである。

アンデルセンはそうではなかった。着の身着のままの浮浪児としてコペンハーゲンに出て、有名になるためには何でもしようとした。役者になろうとして、受け入れられず、歌手になろうとして、見放され、欠陥だらけの素養で劇作を試みて、突っ放された。頼りになるものは何もなかった。身内もなければ、学もなかった。体当たりで名を得て、世間に出るほかなかった。何より名声がほしかった。実より名が先行したのである。

しかしアンデルセンにはやはり天与の才能があった。人見知りしない、飾り気のない、天真らんまんと厚かましさの同居している人間味だけでなく、自由奔放な空想力があった。人間的な弱さをおぎなってあまりある天分があった。まさに無から有を生じさせ、童話の世界の王さまになった。ポール・アザールはアンデルセンを繰り返し王さまだといっている。「物語という小さいわくの中に宇宙のあらゆる舞台を取り入れることができたからである」とアザールはほめたたえている。

何も持たなかった裸の王さまは、童話の世界で真の王さまになった。綱渡りのようにあやうい求め方をしたが、名を得るとともに実がともなってきて、名実ともに童話の王さまになった。グリム兄弟はアンデルセンとは経過を異にしたが、やはり名実ともに童話の代名詞となるにいたった。

＊アンデルセン

1805年　4月2日、デンマークのオーデンセに出生
1816年　父の死。母は洗濯婦となる
1819年　9月、コペンハーゲンに赴く
1820年　王立劇場バレエ学校に入学
1822年　スラーエルセのラテン語学校に入学
1826年　マイスリング校長とヘルシンゲアに移る
1828年　コペンハーゲン大学に入学
1830年　リボア・ヴォイクトを恋する
1831年　第1回ドイツ旅行
1833年　国王の奨学金を得て、パリへ。ローマで母の死を知る
1835年　『即興詩人』、最初の『童話集』
1836年　小説『O・T』
1839年　スウェーデン旅行。『絵のない絵本』
1840年　ドイツで初めて汽車に乗る
1841年　イタリア、ギリシャ、ドナウ川旅行
1842年　紀行『一詩人のバザール』
1844年　ベルリンで、ヤーコプ・グリムを訪問
1847年　ディケンズ訪問。ドイツ語版自伝
1851年　『スウェーデン紀行』
1855年　デンマーク語版全集刊行始まる
1857年　小説『生きるべきか死ぬべきか』
1862年　スペイン旅行
1863年　『スペイン紀行』
1867年　パリの万国博を2度訪れる。オーデンセの名誉市民に
1870年　『幸せもののピーア』
1872年　ノルウェー、ドイツ、イタリアへ旅行
1875年　8月4日、死去。70歳。国葬

＊グリム兄弟

1785年　1月4日、ハーナウでヤーコプ出生
1786年　2月24日、ヴィルヘルム出生
1791年　一家、シュタイナウに移る
1796年　父の死
1798年　兄弟、カッセルの学校へ入学
1802年　ヤーコプ、マールブルク大学へ入学
1803年　ヴィルヘルム、マールブルク大学へ入学
1805年　ヤーコプ、パリへ
1806年　ヤーコプ、ヘッセン国に仕官。童話採取開始
1807年　ヤーコプ退職
1808年　母の死。ヤーコプ、司書官となる
1809年　ヴィルヘルム、ハッレで療養
1812年　『童話集』第1巻
1813年　ヤーコプ、外交官としてパリへ。「古いドイツの森」I
1814年　ヴィルヘルム、図書館書記に。『童話集』第2巻（奥付は1815年）
1816年　ヤーコプ、司書官となる。『ドイツ伝説集』第1巻
1818年　『ドイツ伝説集』第2巻
1822年　妹ロッテ・グリムが結婚
1825年　ヴィルヘルム、ドルトヒェンと結婚。『五十童話』
1829年　兄弟、ゲッティンゲン大学へ
1837年　七教授追放事件。ヤーコプ、カッセルへ亡命
1838年　ヴィルヘルム、カッセルへ亡命。「彼の免職について」（ヤーコプ）。『ドイツ語辞典』に着手
1841年　兄弟、ベルリンへ移る。学士院会員として国王に会う
1854年　『ドイツ語辞典』第1巻
1857年　『童話集』第7版（決定版）
1859年　12月16日、ヴィルヘルム死去。73歳
1863年　9月20日、ヤーコプ死去。78歳

グリム兄弟とアンデルセンの年表

KODANSHA

本書の原本は、一九八七年に東京書籍より刊行されました。〔 〕は、編集部による注記を意味します。

高橋健二（たかはし　けんじ）

1902–1998年。東京生まれ。東京帝国大学独文科卒業。ドイツ文学者。中央大学名誉教授。第８代日本ペンクラブ会長，日本アンデルセン協会会長を歴任。訳書に『グリム童話全集』『アンデルセン童話全集』，著書に『ヘルマン・ヘッセ』ほか多数。

講談社学術文庫

定価はカバーに表示してあります。

グリム兄弟《きょうだい》とアンデルセン

高橋健二《たかはしけんじ》

2022年５月10日　第１刷発行

発行者　鈴木章一
発行所　株式会社講談社
東京都文京区音羽 2-12-21 〒112-8001
電話　編集（03）5395-3512
販売（03）5395-4415
業務（03）5395-3615
装　幀　蟹江征治
印　刷　株式会社広済堂ネクスト
製　本　株式会社国宝社
本文データ制作　講談社デジタル製作

2022 Printed in Japan

落丁本・乱丁本は，購入書店名を明記のうえ，小社業務宛にお送りください。送料小社負担にてお取替えします。なお，この本についてのお問い合わせは「学術文庫」宛にお願いいたします。

ISBN978-4-06-528155-0

「講談社学術文庫」の刊行に当たって

これは、学術をポケットに入れることをモットーとして生まれた文庫である。学術は少年の心を養い、成年の心を満たす。その学術がポケットにはいる形で、万人のものになることは、生涯教育をうたう現代の理想である。

こうした考え方は、学術を巨大な城のように見る世間の常識に反するかもしれない。また、一部の人たちからは、学術の権威をおとすものと非難されるかもしれない。しかし、それはいずれも学術の新しい在り方を解しないものといわざるをえない。

学術は、まず魔術への挑戦から始まった。やがて、いわゆる常識をつぎつぎに改めていった。学術の権威は、幾百年、幾千年にわたる、苦しい戦いの成果である。こうしてきずきあげられた城が、一見して近づきがたいものにうつるのは、そのためである。しかし、学術の権威を、その形の上だけで判断してはならない。その生成のあとをかえりみれば、その根は常に人々の生活の中にあった。学術が大きな力たりうるのはそのためであって、生活をはなれた学術は、どこにもない。

開かれた社会といわれる現代にとって、これはまったく自明である。生活と学術との間に、もし距離があるとすれば、何をおいてもこれを埋めねばならない。もしこの距離が形の上の迷信からきているとすれば、その迷信をうち破らねばならぬ。

学術文庫は、内外の迷信を打破し、学術のために新しい天地をひらく意図をもって生まれた。文庫という小さい形と、学術という壮大な城とが、完全に両立するためには、なおいくらかの時を必要とするであろう。しかし、学術をポケットにした社会が、人間の生活にとってより豊かな社会であることは、たしかである。そうした社会の実現のために、文庫の世界に新しいジャンルを加えることができれば幸いである。

一九七六年六月　　野間省一

からだの知恵　この不思議なはたらき

W・B・キャノン著／舘　鄰・舘　澄江訳（解説・舘　鄰）

生物のからだは、つねに安定した状態を保つために、さまざまな自己調節機能を備えている。本書は、これをひとつのシステムとしてとらえ、ホメオステーシスという概念をはじめて樹立した画期的な名著。

320

社会主義

マックス・ウェーバー著／濱島《はましま》　朗《あきら》訳・解説

歴史は合理化の過程であるというウェーバーは、マルクスの所有理論に基づく資本主義批判に対して、支配の社会学が欠如していることを指摘し、社会主義の歴史的宿命は官僚制の強大化であると批判する。

511

西国立志編《さいこくりっしへん》

サミュエル・スマイルズ著／中村正直訳（解説・渡部昇一）

原著『自助論』は、世界十数ヵ国語に訳されたベストセラーの書。「天は自ら助くる者を助く」という精神を思想的根幹とした、三百余人の成功立志談。福沢諭吉の『学問のすゝめ』と並ぶ明治の二大啓蒙書の一つ。

527

神の慰めの書

M・エックハルト著／相原信作訳（解説・上田閑照）

「脱却して自由」「我が苦悩こそ神なれ、神こそ我が苦悩なれ」と好んで語る中世ドイツの神秘思想家エックハルトが、己れの信ずるところを余すところなく説いた不朽の名著。格調高い名訳で、神の本質に迫る。

690

悲しき南回帰線（上）（下）

C・レヴィ＝ストロース著／室　淳介訳

「親族の基本構造」によって世界の思想界に波紋を投じた著者が、アマゾン流域のカドゥヴェオ族、ボロロ族など四つの部族調査と、自らの半生を紀行文の形式でみごとに融合させた「構造人類学」の先駆の書。

711・712

社会分業論（上）（下）

E・デュルケム著／井伊玄太郎訳

機械的連帯から有機的連帯へ。個人と社会との関係において分業の果たす役割を解明し、幸福の増進と分業との相関をふまえ分業の病理を探る。闘争なき人類社会への道を展望するフランス社会学理論の歴史的名著。

873・874

言語・思考・現実
B・L・ウォーフ著／池上嘉彦訳
言葉の違いは物の見方そのものに影響することを実証し、現代の文化記号論を唱導したウォーフの主要論文を精選。「サピア＝ウォーフの仮説」として知られる言語と文化について鋭い問題提起をした先駆的名著。
1073

ガリア戦記
カエサル著／國原吉之助訳
ローマ軍を率いるカエサルが、前五八年以降、七年にわたりガリア征服を試みた戦闘の記録。当時のガリアとゲルマニアの事情を知る上に必読の歴史的記録として有名。カエサルの手になるローマ軍のガリア遠征記。
1127

内乱記
カエサル著／國原吉之助訳
英雄カエサルによるローマ統一の戦いの記録。前四九年、ルビコン川を渡ったカエサルは地中海を股にかけ政敵ポンペイユスと戦う。あらゆる困難を克服し勝利するまでを迫真の名文で綴る。ガリア戦記と並ぶ名著。
1234

プラトン対話篇**ラケス**　勇気について
プラトン著／三嶋輝夫訳
プラトン初期対話篇の代表的作品、新訳成る。「勇気とは何か」「言と行の関係はどうあるべきか」を主題に展開される問答。ソクラテスの徳の定義探求の好例とされ、構成美にもすぐれたプラトン初学者必読の書。
1276

バッハの思い出
アンナ・マグダレーナ・バッハ著／山下　肇訳
名曲の背後に隠れた人間バッハを描く回想録。比類なき音楽家バッハの生涯は、芸術と生活の完全なハーモニーであった。バッハ最良の伴侶の目を通して愛情深くつづった、バッハ音楽への理解を深める卓越の書。
1297

ソクラテスの弁明・クリトン
プラトン著／三嶋輝夫・田中享英訳
プラトンの初期秀作二篇、待望の新訳登場。死を恐れず正義を貫いたソクラテスの法廷、獄中での最後の言説。近年の研究動向にもふれた充実した解説を付し、参考にクセノフォン『ソクラテスの弁明』訳を併載。
1316